余华文学年谱

余华与瑞典诗人埃斯普马克在复旦大学(摄于二〇一二年十月)

余华长篇小说《活着》英文版书影

《活着》英文版封面推荐语

"一部拥有惊人情感力量的作品"——戴思杰(电影《巴尔扎克与小裁缝》导演)

序言

陈思和

记得三十年以前,我刚入复旦中文系读书的时候,章培恒先生出版了他的第一部著作《洪昇年谱》,受到学界高度好评。直至今天,我在百度上搜索书名,还会跳出这样的评价:"该书不仅首次全面细致地胪列了谱主的家世背景、个人遭际、思想著述、亲友关系等,还就洪氏'家难'、洪昇对清廷的态度以及演《长生殿》之祸等诸多有争议的问题提出了一系列独到见解,将洪昇生平及其剧作研究推进了一大步。"编制年谱,功在三个方面:一是详细考订谱主家世背景、个人遭际、思想著述、亲友关系等史料;二是对于谱主经历的历史事件的深入探究;三是对其人其书的整体研究的推进。那时我们接受的教育是,年谱编撰是最花时间最吃功夫,同时也是最具有学术价值的一种治学方法。研究者在学术上的真知灼见被不动声色地编织在资料的选择和铺陈中,而不像那些流行的学术明星,凭着胆子大就可以胡说八道。后来章先生指导研究生研究古代文学,也是先从研究作家着手,而研究作家先要从编撰年谱着手,于是就有了一套题为《新编明人年谱丛刊》的年谱系列,这套书至今仍是我最珍爱的藏书之一。

章培恒先生的导师蒋天枢先生,曾在清华研究院国学门受过陈寅恪、梁启超等名师指点,蒋先生晚年,放下自己的许多著述不做,集中精力整理恩师陈寅恪先生的遗著。一套书干干净净地出版了,最后一本是蒋先生编订的《陈寅恪先生编年事辑》,用年谱形式,把陈先生一生的著述活动都保存下来,没有一句花里胡哨的空洞之言。后来谬托陈先生知己的学人名流有的是,却没有一个在陈先生受到困厄之苦时候"独来南海吊残秋"的。这些流传在复旦校园里的故事,既告诉我们如何做学问,也告诉我们如何做一个知识分子。

倒也不是说,做年谱就是有学问,大谈理论就不是真学问。章先生后来也是从史料考辨走出来,偏重学理史识,成为一位被人敬重的文史大家。但是我们从蒋先生到章先生再到章门弟子的传承中可以看到,编制编年事辑(年谱)成为他们学术训练的一个基本方法。古代文学研究如此,现代文学研究也是如此。我早年追随贾植芳先生研究中外文学关系,先生首先就指示我从搜集的大量资料中编撰一份"外来思潮、流派和理论在中国现代文学史上的影响(1900—1927)"的大事年表,罗列西方诸思潮流派在中国传播影响的编年记录;这份年表有六万多字,把这一时期中外文学交流关系的来龙去脉基本上都弄清楚了。后来我写作《中国新文学整体观》里使用的材料观点,基本上得益于这份大事年表。所以我一直坚持这样的想法,培养研究生治学研究,从作家研究,或者具体问题研究起步,收集资料,编撰年谱或者编年事辑,是最好的训练方法。研究者的研究方法,学术观点,都由此而生;为后来者的研究,也提供了一份绕不过去的研究成果。

可惜这种扎实的学术风气,到了上世纪九十年代以后,在高校的研究生培养中渐渐式微,一些似是而非、华而不实的流行理论、外来术语、教条形式都开始泛滥,搞乱了青年学子的求知心路,也破坏了良好求实的学风。现当代文学研究领域尤其严重。今林建法先生受聘于常熟理工学院,担纲校特聘教授与《东吴学术》执行主编。

林先生从事文学编辑三十余年,对于学界时弊看得清清楚楚,他首倡编撰当代作家、学者年谱,为当代文学研究提供一份作家、学者的详细年谱,也为学科发展提供了信史。我赞成他的提倡,这个建议不仅有利于当代文学学科基础的夯实,也为研究生的学术训练、学风培养开拓了一条有效的道路。

《东吴学术》年谱丛书(甲种:当代著名作家系列;乙种:当代著名学者系列)由复旦大学出版社出版,这是一个良好的开端,我希望这套丛书在林建法先生的主持下能够坚持若干年,不断开拓选题,为当代文学研究奠定坚实的基础。

2014 年 4 月 19 日写于鱼焦了斋

一九六〇年

一岁。

这年四月三日,余华出生于浙江省立杭州医院(现为浙江省中医院)。父亲华自治,山东人,部队转业后在浙江省防疫大队工作。母亲余佩文,绍兴人,浙江医院手术室护士。余华是这对夫妇的次子,姓名两个字分别取自母亲和父亲的姓氏。偶尔,余华会有限度地表达一下他对血统论的迷信,以说明自己的文学风格与江南软性文化的差异,是得之于父系的、北方的基因。

值得一提的是,余华的中篇小说《四月三日事件》,就将小说中的故事安插在自己的生日这一天。这或许只是一时兴起的偶然事件,也或许有着他不为人知的隐秘动机。

余华曾经说:"我的写作全部是为了过去。确切来说,写作是靠过去生活的一种记忆和经验,世界在我的心目中形成最初的图像,这个图像是在童年的时候形成的,到成年以后不断重新地去组合,如同软件升级一样,这个图像不断变得丰富,更加直接可以使用。我常常感到生活的奇迹,时间和岁月会让生活变得有意思。"①这一年,这一天,余华的生命、生活以及后来的写作生涯,渐次展开。

一九六二年

三岁。

余父到浙江嘉兴市海盐县人民医院任外科医生,余华全家遂随父亲迁至海盐。海盐位于浙江北部的杭嘉湖平原,秦时置县,因"海滨广斥,盐田相望"而得名;它距杭州约一百公里,距上海约一百公里。海盐是崧泽文化的发祥地,素以"鱼米之乡、丝绸之府、礼仪之邦"著称。中国志怪小说的鼻祖晋人干宝、唐代诗人顾况、现代著名教育家和出版家张元济、著名漫画家张乐平以及曾领一时风潮的改革先锋步鑫生皆为海盐人氏。但是,余华全家甫到海盐,此地却是一个"连一辆自行车都看不到"②的穷乡僻壤。余华的童年生活就在这个江南小城开始了。

---

① 余华、张英:《现实、真实与生活——余华访谈录》,《中华工商时报》2000年6月29日。
② 余华:《最初的岁月》,《没有一条道路是重复的》,上海:上海文艺出版社,2004年版,第57页。

他在这里差不多生活了三十年。余华重要小说中的历史、人物和风物,都脱不开这个小城对他童年记忆的铸定。他写道:"我熟悉那里的一切,在我成长的时候,我也看到了街道的成长,河流的成长。那里的每个角落我都能在脑子里找到,那里的方言在我自言自语时会脱口而出。我过去的灵感都来自于那里,今后的灵感也会从那里产生。"①

的确,余华的作品里充满了海盐这座小城的影子。"余华的作品从来没有走出过海盐,余华大部分的作品都是在海盐这块土地上展开的。"②在《在细雨中呼喊》中多次出现的"南门"、《死亡叙事》中的"千亩荡"、《河边的错误》里的"老邮政弄"、《命中注定》里的"汪家旧宅",都是海盐县内的旧址,而《西北风呼啸的中午》里的"虹桥新村二十六号",则是余华自己在海盐的住处,《许三观卖血记》里许三观为了给一乐治疗肝病,一路卖血到上海的途中所经历的诸多地点,如通元、黄店、三环洞、黄湾等,都是在海盐县内至今沿用的地名。余华坦言:"我的大多数作品都是以那个小镇为背景的……在我的小说里,我总

---

① 余华:《最初的岁月》,《没有一条道路是重复的》,第62页。
② 沈婵娟:《海盐地域文化对余华的影响》,《嘉兴学院学报》2002年第S1期。

需要借助于以前发生在故乡的一些场景。这就导致我在作品中从未提及北京,尽管这个城市也渐渐让我熟悉起来。"①虽然后来余华辗转定居北京,却依然摆脱不了海盐加诸他记忆中的影像:"让我写北京我心里就没底,所以哪怕是北京的故事,我也把它想象成我们海盐那一带的……在我的想象中或在我的感觉中,这个场景是发生在南方的。"②余华的小说中经常写到下雨,如《现实一种》里,开头就写道:"那天早晨和别的早晨没有两样,那天早晨正下着小雨。因为这雨断断续续下了一个多星期……母亲在抱怨什么骨头发霉了。母亲的抱怨声就像那雨一样滴滴答答。"这样没完没了、透着霉糜气息的雨,是海盐这样的江南小镇所特有的天气。

因此,"在余华的小说中,天是海盐的天,地是海盐的地"③,甚至连人物身上也透散出海盐的气息。《许三观卖血记》中许三观的儿子分别叫一乐、二乐和三乐,而在海盐县武原镇公园弄一座叫做"绮园"的清代园林里,有

---

① 安吉尔·皮诺(Angel Pino):《人类灵魂比天空更加辽阔》,《半月文学》(*La Quinzaine littéraire*)第858号(2003年7月16日—31日),第13—14页。
② 同上。
③ 沈婵娟:《海盐地域文化对余华的影响》,《嘉兴学院学报》2002年第S1期。

一处宅子就名为"三乐堂",园主冯瓒斋乃清代诗人、剧作家黄燮晋的次女婿,冯氏自谓"三乐"的意涵为:"仰无愧于天,俯无愧于人,一乐也;父母兄弟俱在,二乐也;聚天下英才而教育之,此三乐也。"[①]我们再来看余华的文本:许三观为了家人的平安、家庭的幸福,一次次无私地卖血,甚至不惜献出自己的生命,不正是对冯氏"三乐"精神的具象阐释么?以书中人物姓名和性情来折射家乡的人文秉征,之于余华,是切切实实的海盐印迹。

除此,余华在海盐度过了奠定他人生中对外界的观察视角和认知原理的青少年时期,而每个人的家乡之于他最主要也是最深刻的影响之一就是语言,诚如余华自己所说:"我就是在方言里成长起来的。"[②]海盐方言作为他已成定型的日常生活思想的载体,必然也会影响他写作时思考的载体。余华就曾在《许三观卖血记》的意大利文版自序里表达过这样一种困惑:"口语与书面语表达之间的差异让我的思维不知所措,如同一扇门突然在我眼前关闭,让我失去了前进的道路……我在中国能够成为

[①] 《海盐县志》编纂委员会:《海盐县志》,杭州:浙江人民出版社,1998年版,第839页。

[②] 余华:《许三观卖血记·意大利文版自序》,海口:南海出版公司,1998年版,第10页。

一位作家,很大程度上得益于我在语言上妥协的才华。我知道自己已经失去了语言上的故乡,幸运的是我并没有失去故乡的形象和成长的经验。"①虽如此,在余华已面世的作品中,其实还是有很多南方方言的痕迹留存:"《许三观卖血记》这本书的语言,尤其是对白,具有鲜明的南方口语感。书中人物说话,句短,口语化强烈,节奏确确实实是南方式的。"②余华后来自己也说,在写这部长篇的时候:"基本上在叙述方面,当人物说话的时候,我就干脆在追求一种我们那边越剧唱腔似的味道。那个许玉兰,她每次坐在门槛上哭的时候,那全是唱腔的,我全部用的那种唱腔。如果正常对话时,我就使他接近于那种唱腔,就这样叙述下来。"③

海盐的生活经历之于余华的影响,除了能在其作品的文本内容、语言表达上窥其一侧,还体现在余华的写作风格上。有评论家曾分析余华的作品,认为其散发出魔幻色彩,但又指出余华的魔幻成分有别于魔幻现实主义:"魔幻现实主义的特点是给现实披上一层光怪陆离的神

---

① 余华:《许三观卖血记·意大利文版自序》,第10页。
② 沈婵娟:《海盐地域文化对余华的影响》,《嘉兴学院学报》2002年第S1期。
③ 余华、陈韧:《余华访谈录》,《牡丹》1996年第8期。

话色彩的外衣,却始终不损害现实的本质……但余华小说的魔幻根子却全在人们的无意识中。"①那么,如果不是完全受拉美魔幻现实主义的浸染,余华迥异的魔幻特色因子又是来自哪里呢?论者接着分析指出,这些苗子是从江南民间故事里生根发芽的:"在我国南方农村城镇,长期流传着各种各样的鬼故事,它们作为集体无意识,有时肆无忌惮地闯入梦境,有时也会莫名其妙地钻进意识、感觉。余华小说中的魔幻,是整个无意识的有机部分,也是他幻觉世界的有机部分。"②海盐最早所出的历史文化名人应属晋代的史学家、文学家干宝③,其所编集的志怪小说集《搜神记》,辑录了各种神怪灵异故事,在中国小说史上有着极其深远的影响,干宝也因此被称作中国志怪小说的鼻祖。干氏家族所繁衍的子孙尤以浙江海盐的沈荡、通元、澉浦、六里等地聚居为盛,自东晋以来,已有一千七百多年族史,显为望族。海盐作为干氏家族世代繁衍的集中居住地,对干宝的生平及史学价值的研

---

① 钟本康:《余华的幻觉世界及其怪圈》,《小说评论》1989年第4期。
② 同上。
③ 据史料记载,自西晋永嘉元年(三〇七年),干宝举家迁至灵泉乡(今海宁黄湾五丰村与海盐澉浦六忠村的交界处)。至三世时,迁至梅园(今海盐通元)。

究十分重视,世世代代的海盐人对《搜神记》里的鬼怪玄异故事都会有或多或少的了解。在这样的民情风俗浸润下长大的余华,其笔下显现出魔幻的根因也就不足为奇了,我们在他的《古典爱情》《第七日》等作品中都能寻到这样的影子。

另一方面,海盐位于杭嘉湖平原,从文化发源地来说,海盐被归纳到吴文化地域下。吴文化的一个重要特征,就是重理重利,由此导致海盐地域文化的两极性特点:一是海盐人的聪明能干,敏感执着;二是人情观念淡薄,过于计较琐事,争强好胜。"余华在海盐的时候,他的邻居就只知道隔壁是一个书呆子,屋子里有很多的书,其他的印象就很少了,甚至没有'邻居'这样一个概念。"[①]余华敏感地捕捉到海盐文化的这些阴暗面,看到了人性深渊中的复杂面,也将它们表现到作品里,于是,他小说里的人聪明而又敏感,孤独而又执拗,渗满了暴力、血腥、恐惧、死亡这些极端的因子。但是,对于生活了三十几年的家乡,余华揭露性的展示深刻而隐秘,会有意或无意地渗入情感因素,"他为了最大限度地将人性的深渊景象呈

---

① 沈婵娟:《海盐地域文化对余华的影响》,《嘉兴学院学报》2002年第S1期。

现在读者面前,甚至一度拒绝描摹符合事实框架的日常生活,以致我们在他的小说里几乎看不到常态的生活,一切都是非常态的"①。所以,或许我们能够以之作为理由之一来推断,余华后来被评论家冠以的"陌生化叙事""零度情感写作""迂回风格""曲笔写作",他的家乡情结也应该是促因之一,至少有掺杂到他风格化的写作之中。

一九六三年

四岁。

余华进入当地的县幼儿园。与如今的狂放不羁和机敏善言不同的是,幼年的余华多少显得木讷、沉静。余华曾如此写道:"我是一个很听话的孩子,我母亲经常这样告诉我,说我小时候不吵也不闹,让我干什么我就干什么,她每天早晨送我去幼儿园,到了晚上她来接我时,发现我还坐在早晨她离开时坐的位置上。我独自一人坐在那里,我的那些小伙伴都在一旁玩耍。"②莫言后来提及余华,说他是一个"古怪"的家伙,"说话期期艾艾,双目常

---

① 沈婵娟:《海盐地域文化对余华的影响》,《嘉兴学院学报》2002年第S1期。

② 余华:《最初的岁月》,《没有一条道路是重复的》,第57页。

放精光,不会顺人情说好话,尤其不会崇拜'名流'"①。这样的"古怪",我们大概能从童年的余华孤单而固执的独坐身影里想象得到。或许正是在这些独坐的童年岁月里,他开始默然地冷眼旁观周围世界,沉溺于自己的幻想中,培养起一颗敏感细腻而又充满想象力的心。

此后的几年里,父母由于很忙,上班后就将余华和哥哥锁在家中。"门被锁着,我们出不去,只有在屋子里将椅子什么的搬来搬去,然后就是两个人打架,一打架我就吃亏,吃了亏就哭,我长时间地哭,等着我父母回来,让他们惩罚我哥哥。这是我最疲倦的时候,我哭得声音都沙哑后,我的父母还没有回来,我只好睡着了。"②

兄弟俩唯有的乐趣,便是"经常扑在窗口,看着外面的景色"③。当时如海盐这样的江南小城,与农村有着太过模糊的界限,因此,兄弟俩在窗口看到的景色其实就是"乡间":"我们长时间地看着在田里耕作的农民,他们的孩子提着割草篮子在田埂上晃来晃去。"④在那些农人的

---

① 莫言:《清醒的说梦者——关于余华及其小说的杂感》,《当代作家评论》1991年第2期。
② 余华:《最初的岁月》,《没有一条道路是重复的》,第58页。
③ 同上。
④ 同上。

身影里,或许能辨认出后来在《活着》《许三观卖血记》中出现的福贵、有庆、孙光林、家珍、许玉兰的形象。同时,余华在他后来的小说里也描写了很多作品中的人物站在窗口向外凝看的场景,如《四月三日事件》,就是从少年主人公站在窗前向外观望时的冥想神游开始铺展而开的,小说的一开头就写道:

> 早晨八点钟,他正站在窗口。他好像看到很多东西,但都没有看进心里去,他只是感到户外有一片黄色很热烈,"那是阳光",他心想。然后他将手伸进了口袋,手上竟产生了冷漠的金属感觉……那是一把钥匙,它的颜色与此刻窗外的阳光近似……现在他应该想一想,它和谁有着密切的联系。是那门锁。钥匙插进门锁并且转动后,将会发生什么。
>
> ……
>
> 那个时候晚霞如鲜血般四溅开来,太阳像气球一样慢慢降落下来,落到了对面那幢楼房的后面……这时他听到父亲向自己走来……

可以想见,这两段文字,或许就是余华对自己与哥哥被父母锁在家里,站在窗口望着父母上班离开和下班回来的情景再现。余华用笔将它们搬上纸端,既是对自己童年生活的映射,也表明这段记忆之于他,是多么的刻骨铭心。同时,引文中第一段文字所观照出的这个少年,是一个无视周遭现实世界、沉溺于自己内心思绪的人。而这正是余华笔下典型的人物形象,在他一九八六年后的作品中屡屡可见,他们习惯于在冥想中逃离现实世界,在自己用想象搭建的精神世界里行走生活。

此外,由于父母总不在家,余华甚至一度跟着上学的哥哥坐在课堂上听课。这样的景象,我们在其长篇小说《兄弟》里也能略见。

一九六七年

八岁。

这年三月,余华在海盐县向阳小学入学。家有小子初长成;此时的余华有了较为自如的活动能力和活动空间。不过,在家庭和学校之外,医院是他最常去的地方:"那时候,我一放学就是去医院,在医院的各个角落游来荡去的,一直到吃饭。我对从手术室里提出来的一桶一桶血肉模糊的东西已经习以为常了,我父亲当时给我最突出的印象,就是他从手术室里出来时的模样,他的胸前是斑斑的血迹,口罩挂在耳朵上,边走过来边脱下沾满鲜血的手术手套。"① 年少时这些对血腥"习以为常"的经历,投射到余华的作品中,其影响就是:"余华小说的叙事者对于自己所叙述的那些令我们'正常人'毛骨悚然、不敢正视的故事,那些令我们作呕的场景,持一种见怪不怪的态度,这些在我们看来是如此反常的怪异的和可怕的人和事,在叙述者看来是生活中的常人和常事。"② 难怪作家格非曾如此说,就余华的文学才华而言,"真正使他受益的是他父亲的那座医院。对于余华来说,医院从来都不是一种象征,它本身即是这个世界的浓缩或提纯物,一面略有变形、凹凸不平的镜子。……余华后来多次谈到了那座医院,用的是漫不经心、轻描淡写的语气。这种语气到了他的作品中,则立即凝结成了具有锋利棱角的冰渣。他是那么热衷于描述恐惧、战栗,死亡和鲜血,冷漠和怀疑"③。也正是因为这样的"习以为常"和"漫不经心",余华给自己创设了一种叙述上的深度:"这'暴力'虽惊心动魄,这叙述却从容自如。严格地说,这才是真正的叙述,即在最大程度上坚持一种客观视角,以一种有节制

---

① 余华:《最初的岁月》,《没有一条道路是重复的》,第 59 页。
② 王彬彬:《余华的疯言疯语》,《当代作家评论》1989 年第 4 期。
③ 格非:《十年一日》,《塞壬的歌声》,上海:上海文艺出版社,2001 年版,第 69 页。

的(非情绪化的)语言方式直截地描述一个过程(事件)。"①

一九七一年

十二岁。

余华上小学四年级时,全家搬到医院里的职工宿舍居住。"我家对面就是太平间,差不多隔几个晚上我就会听到凄惨的哭声。那几年里我听够了哭喊的声音,各种不同的哭声,男的、女的、老的、少的,我都听了不少。"②这样的听觉记忆之于余华的影响,就是在他后来的很多作品中,有各种各样的关于听觉的描写。

《一九八六年》里,那位历史教师在"文革"中被红卫兵抓走关到学校办公室后,出现了一连串的幻听反应:

> 女儿醒了,女儿的哭声让他觉得十分遥远。仿佛他正行走在街上,从一幢门窗紧闭的楼房里传出了女儿的哭声……他听到屋外一片鬼哭狼嚎,仿佛

---

① 王侃:《叙述:从一个角度看近年的小说创作》,《文学评论》1991年第2期。
② 余华:《最初的岁月》,《没有一条道路是重复的》,第60页。

有一群野兽正在将他包围。这声音使他异常兴奋。于是他在屋内手舞足蹈地跳来跳去,嘴里发出的吼声使他欣喜若狂。他想冲出去与那吼声汇合,却又不知从何处冲出去。而此刻屋外吼声正在越来越响亮,这使他心急火燎却又不知所措。他只能在屋内跳着吼着。

同样的现象,《在细雨中呼喊》中也多次出现:

> 我回想起了那个细雨飘扬的夜晚,当时我已经睡了……一个女人哭泣般的呼喊声从远处传来,嘶哑的声音在当初寂静无比的黑夜里突然响起,使我此刻回想中的童年颤抖不已。
>
> ……
>
> 现在我不仅可以在回忆中看见他们,我还时常会听到他们现实的脚步声,他们向我走来,走上了楼梯,敲响了我的屋门。

这样的幻听,结合着余华小说中经常出现的其他诸如幻视、幻觉、幻想等精神现象,让他笔下的人成为"一种想象性的存在"[①],也使他的作品充满了隐喻式的象征。

---

① 张颐武:《人:困惑与追问之中——实验小说的意义》,《文艺争鸣》1988年第5期。

关于太平间,也让余华印象深刻。很多年后,余华回忆当年的"太平间"道:"我经常在炎热的中午,进入太平间睡午觉,感受炎热夏天里的凉爽生活。……直到有一天我偶尔读到海涅的诗句,他说:'死亡是凉爽的夜晚。'……海涅写下的,就是我童年时在太平间睡午觉的感受。然后我明白了:这就是文学。"①

一九七三——一九七七年

十四—十八岁。

一九七三年七月,余华小学毕业。此时,适逢海盐县图书馆重新对外开放,父亲为他和哥哥办了两张借书证。从那时起,余华开始阅读小说,尤其是长篇小说。他几乎将那个时代所有的作品都读了一遍,包括《艳阳天》《金光大道》《牛田洋》《虹南作战史》《新桥》《矿山风云》《飞雪迎春》《闪闪的红星》……"当时我最喜欢的书是《闪闪的红星》,然后是《矿山风云》。"②他早年的阅读史,没有越出时代的限定,也并没有越出同时代同龄人的水平。不过,

---

① 余华:《生与死,死而复生——关于文学作品中的想象之二》,《文艺争鸣》2009年第1期。
② 余华:《最初的岁月》,《没有一条道路是重复的》,第64页。

余华还是认定他阅读的上述书籍是"枯燥乏味的"。

这年九月,余华进入海盐中学读书。此时的中国,"文革"早已渗透到社会生活的每一个角落。作为中学生的余华,却在此时迷恋上了街道上的大字报。"每天放学回家的路上,我都要在那些大字报前消磨一个来小时。……在大字报的时代,人的想象力被最大限度地发掘了出来,文学的一切手段都得到了发挥,什么虚构、夸张、比喻、讽刺……应有尽有。这是我最早接触到的文学,在大街上,在越贴越厚的大字报前,我开始喜欢文学了。"如果大字报算是"文革文学"的话,引发少年余华文学兴趣的,或许是它的语言暴力。"到了七十年代中期,所有的大字报说穿了都是人身攻击,我看着这些我都知道的人,怎样用恶毒的语言相互谩骂,互相造谣中伤。"[1]余华后来小说中对暴力的"迷恋"或许就源于此。余华后来谈到《兄弟》中有关暴力细节的问题:"是我从一些'文革'资料中看到的,当时红卫兵、造反派们发明了很多酷刑。我所写的只是'文革'期间用得最多的几种而已,把猫放进裤子里和肛门吸烟是我们小时候都亲眼见过的。"[2]当然,耳濡目染的暴力语言

---

[1] 余华:《自传》,《余华作品集3》,第385页。
[2] 戴婧婷:《余华:作家应当走在自己的前面》,《中国新闻周刊》2005年8月18日。

和世态炎凉对少年余华的内心不可能没有影响,成年后的余华对"暴力"的理解要丰富和深刻得多:"人性一旦扭曲将比野兽还要残酷无情,暴力不但是难以根除的人类本性也是历史的方式与动力。"①余华后来的很多作品里都复制过这些动荡年代加诸他的特殊心理印痕,《一九八六年》以及《兄弟》里那些关于"文革"的记忆和很多暴力场景描述,直白而凄厉,令人震惊。

余华不幸降生在一个被读书无用论所主宰的年代。余华的中学时代,学习不仅是可有可无的,同时还让他的校园生活显得百无聊赖。大约在高中阶段,不通音律的余华凭着对音乐简谱的直观认识,开始了他一生中唯一的一次音乐写作:"我记得我曾经将鲁迅的《狂人日记》谱写成音乐……我差不多写下了这个世界上最长的一首歌,而且是一首无人能够演奏,也无人有幸聆听的歌。……接下来我又将语文课本里其他的一些内容也打发进了音乐的简谱,我在那个时期的巅峰之作是将数学方程式和化学反应也都谱写成了歌曲。"②这段"音乐履

---

① 刘曾文:《终极的孤寂——对马原、余华、苏童创作的再思考》,《文艺理论研究》1997年第1期。

② 余华:《音乐影响了我的写作》,《音乐影响了我的写作》,上海:上海文艺出版社,2004年版,第4页。

历"虽然幼稚,却不可忽略。成年后的余华是一个音乐发烧友,并撰写了一系列影响颇巨的谈论音乐的专栏文章,以《高潮》①为名结集出版。余华不止一次地谈到,"音乐影响了我的写作","给了我一种叙述上的教育"②。后来在谈到《我没有自己的名字》和《许三观卖血记》的写作时,余华说,他运用了"重复"的叙事方法来写,而"重复"的运用,就是受到巴哈《马太受难曲》和肖斯塔科维奇《第七交响曲》里重复旋律的启发;同时,语言上,"努力使对话具有一种旋律,一种音乐感",亦因此,有人如此评价《许三观卖血记》:"语言极好,装饰性全去掉了,准确、精炼、形式感极强,不是传统意义上的东西,有点像民间剪纸,繁复却很简练。"③

鲁迅是"文革"期间中国人共同的阅读记忆。虽在中学时代即有为鲁迅《狂人日记》谱曲的经历,但余华坦承:"三十多岁以后我才与鲁迅的小说亲近,我才发现,那个小时候熟悉而不理解的人物,变得熟悉而伟大。"④"如果让我选择一位中国作家作为朋友,毫无疑问,我会选择鲁

---

① 余华:《高潮》,北京:华艺出版社,2000年版。
② 余华、陈韧:《余华访谈录》,《牡丹》1996年第8期。
③ 余华、李哲峰:《余华访谈录》,《博览群书》1997年第2期。
④ 余华:《三十岁后读鲁迅》,《青年作家》2007年第1期。

迅。我觉得我的内心深处和他非常接近。"①而实际上,余华作为一个作家,出道不过五年即有评论将他与鲁迅相提并论:"在新潮小说创作,甚至在整个中国文学中,余华是一个最有代表性的鲁迅精神继承者和发扬者。"②另有评论认为:"理解鲁迅为解读余华提供了钥匙,理解余华则为鲁迅研究提供了全新的角度。"③很多评论者都注意到了二者的渊源,关于这个向度的研读可谓著量颇丰,或梳理承接因果,或分析主题异同,或挖掘意蕴深浅。如张学昕认为:"从余华的作品中,我们深深体悟到他对鲁迅文学精神的师承。一是在创作中,作家表现出对人的命运和苦难的情感担当,忧患苦难,负载、承受文学的'不能承受之重',以及直面现实的文学精神和'表现的深切'。二是余华对鲁迅开创的现代汉语写作范式的继承。他的小说尽可能充分地表现心灵的丰富层面。"④我们将在接下来的述写中继续分别列展。

---

① 杨少波:《余华:忍受生命赋予的责任》,《环球时报》1999年3月12日。
② 李劼:《论中国当代新潮小说》,《钟山》1988年第5期。
③ 赵毅衡:《非语义化的凯旋——细读余华》,《当代作家评论》1991年第2期。
④ 张学昕:《对苦难的平静叙述——论余华的两部"生存小说"》,《萍乡高等专科学校学报》1999年第3期。

另外值得一提的是,余华曾担任学校黑板报的采编工作,并常常采写通讯报道之类的文稿。这大约算是他的文学练笔并能公开"发表"其作品的阶段。

一九七七年夏,余华中学毕业,并于年底参加恢复高考后的第一次考试,结果落榜。余华成名后,一度让国家教育部门如获至宝,每年高考发榜后都会敦请余华现身说法,以阐明"榜上无名,脚下有路"的成功道理。

这一年,适逢余华十八岁。余华在他的很多作品中塑造过经历了十八岁心灵变革的角色,有论者称之为"十八岁"主题[①],"'十八岁'在他的小说里可能是一个象征,表示了人生的界限"[②]。其后来比较有影响力的短篇小说《十八岁出门远行》,讲述的就是"我"在十八岁那年应父亲的要求独自出门远行,闯荡天下见世面的旅途中,一开始就遭遇了一场触目惊心的经过精心策划的骗局。作者写道:

> 天色完全黑了,四周什么都没有,只有遍体鳞伤

[①] 王斌、赵小鸣:《余华的隐蔽世界》,《当代作家评论》1988年第4期。

[②] 陈思和、李振声、郜元宝、张新颖:《余华:中国小说的先锋性究竟能走多远?——关于世纪末小说多种可能性对话之一》,《作家》1994年第4期。

的汽车和遍体鳞伤的我。我无限悲伤地看着汽车,汽车也无限悲伤地看着我……山上树叶摇动时的声音像是海涛的声音,这声音使我恐惧,使我也像汽车一样浑身冰凉。

还有《四月三日事件》,写了一个无名无姓的十八岁少年,整日惶惶不安,对周围的一切都敏感得近乎失常:

> 无依无靠,他找到了十八岁生日之夜的主题。
>
> ……
>
> 后来邻居在十八岁患黄疸肝炎死去了,于是那口琴声也死去了。

在余华的笔下,十八岁不是正值青春期时的欢乐蓬勃,也不是人生转型期的隆重热烈,而是充满了诸如"遍体鳞伤""无依无靠""恐惧""悲伤""冰凉"和"死"之类的字眼。"余华似乎对面临成年的人格转型痛苦特别关切。"[1]于是后来有论者就大胆揣测:"余华之于他的'青春期'曾有过一次不同寻常的精神骚动,导致了他以后对于人生的基本态度。"[2]我们不敢妄断这一揣测是否属

---

[1] 赵毅衡:《非语义化的凯旋——细读余华》,《当代作家评论》1991年第2期。
[2] 王斌、赵小鸣:《余华的隐蔽世界》,《当代作家评论》1988年第4期。

实,但联系余华这一年的经历,或许也不无道理。这一年,余华经历了标志着从单纯学校生活步入繁复社会生活的中学毕业、高考落榜、待业在家,可以说,对于正处人生转折期的他,这每一项遭遇都是刻骨铭心的沉痛压抑,无论后来的他身上被赋予怎样耀眼的光环,这些沉重的记忆都会像血液一样融进他以后的生活中,影响到其写作内容。正如其他论者所指出的:"余华可能受过丑恶事物的刺激,由于当时因恐惧而产生的激情使他有意识的活动产生抑制而成为无意识,而后,由于抑制的解除才使那些当时未能意识的'恐惧情结'逐渐显示为意识的东西……他以淡然乃至麻木的嘲讽来细写极写各种丑恶,实际上是通过丑恶的赤裸裸放纵来求得战栗着的生命情绪的平衡……通过幻觉世界表现了灰暗心理的逃避。"① 另有论者将他的《十八岁出门远行》《西北风呼啸的下午》《四月三日事件》这三篇均明确提出过主人公"十八岁"年龄的小说联系起来,以此作为切入口来解读他日后的小说风格成型原因:"十八岁,是一个少年初长成人的标志。这三篇有关'成人式'的小说,我相信包含着余华的成长经验,那些巨大的哀伤与失望还没有来得及整理成他日

---

① 钟本康:《余华的幻觉世界及其怪圈》,《小说评论》1989年第4期。

后苦难世界的完整图景,忧伤、惊恐的情感像烟雾一般弥漫在文本里,构成了这一阶段小说的基调。与此同时,他日后小说中的重要主题:肉体与语言的施暴,蠢蠢欲动,预告燎原之势。"[1]据此,或许我们也就不难理解,为何他作品中的"十八岁"总是充斥着不甚明亮的基调;也或许能够以此为契机,更好地理解他后来所谓"先锋"期作品的暴力与血腥。

一九七八年

十九岁。

这年三月,由父母安排,余华进入海盐县武原镇卫生院当牙科医生。余华后来说:"我实在不喜欢牙医工作,每天八小时的工作,一辈子都要去别人的口腔,这是世界上最没有风景的地方,牙医的人生道路让我感到一片灰暗。"[2]"那是我人生中度过的最无趣的五年,口腔里面真

---

[1] 郑国庆:《主体的泯灭与重生——余华论》,《福建论坛》(文史哲版)2000年第6期。

[2] 余华:《回忆十七年前》,《没有一条道路是重复的》,上海:上海文艺出版社,2004年版,第100页。

的是世界上最肮脏的地方。"①但他出道之初的小说作品《"威尼斯"牙齿店》显然与自己的这段牙医生涯有直接关系。他在最引争议的长篇小说《兄弟》中安置的"余拔牙"这个人物角色,虽属戏谑,但显然是牙医经历的投射。莫言后来谈及他在读余华作品的感受时,说余华"是个'残酷的天才',也许是牙医的生涯培养和发展了他的这种天性,促使他像拔牙一样把客观事物中包涵的确定性意义全部拔除了……这是一个彻底的牙医,改行后,变成一个彻底的小说家。于是,在他营造的文学口腔里,剩下的只有血肉模糊的牙床,向人们昭示着牙齿们曾经存在过的幻影"②。从这个角度来讲,我们似乎可以说,这段被余华视为不甚愉悦的经历,反而也是促成他创作上独异风格的若干因素之一。当然,从环境影响论的向度上说,人的每一段经历都会对其自身发展带来或显或隐的影响。因此,莫言的评价不无道理。

由于武原镇卫生院对面就是海盐县文化馆,余华每天看到文化馆的工作人员从来不用坐班,非常羡慕。但

---

① 《余华,微笑面对人生》,选自瑞士《中国报》(*Papiers de Chine*)2008年4月22日。
② 莫言:《清醒的说梦者——关于余华及其小说的杂感》,《当代作家评论》1991年第5期。

是，当时的文化馆工作人员都需要一技之长，或音乐，或美术，或写作，余华在对自己进行了一番掂量之后，认为文学最有可能使自己进入文化馆，于是开始了写作尝试。余华坦承，他作为一个作家的最初的写作动机，从一个功利的目的开始。但是，"我的父亲坚决不同意我当作家，因为他坚信有知识的技能是最重要的。他受'文化大革命'和知识分子的命运问题影响颇深"[①]。显然，在父亲看来，作家是一个没有知识技能的职业，余华的写作尝试是不务正业。

一九七九——一九八二年

二十一—二十三岁。

一九七九年，余华曾被安排到浙江宁波进修口腔科。这次经历中的一段插曲令他印象至深。很多年后，他回忆道："那个时候宁波刚好枪毙了一个二十一二岁的犯人，枪毙完了以后，就把死去的犯人往隔壁小学里一个油漆斑驳的乒乓球桌上一扔，从上海、杭州来的各个科的医

---

① 《余华，微笑面对人生》，选自瑞士《中国报》（*Papiers de Chine*）2008年4月22日。

生就在那瓜分,什么科都有。什么挖心的、挖眼睛的,那帮人谈笑风生,挖惯了。我回去以后三个月不想吃肉,很难受。这就是现实。"①我们很容易就能辨认出,这段回忆是余华于一九八八年发表的中篇小说《现实一种》里的重要段落。《现实一种》是此后的中国当代文学史常会提及的作品,原因之一是,它在余华小说所展示的"暴力美学"中具有代表性。对于余华来说,通过大字报领会到的语言暴力和通过外科手术目睹的医学暴力,纠合着引导了他对现实的认知,并构成了他世界观的重要部分。

此时的余华,已是一个标准的文学青年。在这几年间,除了上班,他所有的时间几乎都待在虹桥新村二十六号自己那间临河的小屋里,坚执文学梦想,刻苦读书,倾力写作,并常常不分昼夜地与当地文学圈内的朋友们分享阅读和写作的快乐。若干年后,他在北京遇到当时的著名批评家、作家李陀,言谈中他发现,李陀读过的文学名著他几乎都读过。这让余华不无自得,也让李陀甚感惊讶。

这期间,川端康成对余华的创作产生了重要的影响。

---

① 余华:《我为什么写作》,王尧、林建法主编:《当代著名作家讲演集》,郑州:郑州大学出版社,2005年版,第82页。

川端康成大约是余华开始阅读外国文学时最早遭遇的外国作家之一。一九八〇年,余华读到了《伊豆的舞女》,自此难以忘怀。"川端的作品笼罩了我最初三年多的写作。那段时间我排斥了几乎所有的作家。"①川端康成式的细密、沉潜、阴郁、物哀、"无限柔软"的风格深深吸引了青年余华,尤其是,川端康成"用纤维连接起来的"描述细部的方式使他迷恋:"他叙述的目光无微不至,几乎抵达了事物的每一条纹路,同时又像是没有抵达……川端康成喜欢用目光和内心的波动去抚摸事物,他很少用手去抚摸,因此当他不断地展示细部的时候,他也在不断地隐藏着什么,被隐藏的部分更加令人着迷。"②川端康成的影响,可以在余华对精确细致的叙述风格的追求、推崇中加以感受,尤其是他早期小说中大量暴力场景的描述亦可谓"无微不至"。余华自己说过:"那五六年的时间我打下了一个坚实的写作基础,就是对细部的关注。现在不管我小说的节奏有多快,我都不会忘了细部。"③

---

① 余华:《川端康成与卡夫卡》,《我能否相信自己》,北京:人民日报出版社,1998年版,第92页。
② 余华:《温暖而百感交集的旅程》,《我能否相信自己——余华随笔集》,济南:明天出版社,2007年版,第10页。
③ 余华、杨绍斌:《"我只要写作,就是回家"——与作家杨绍斌的谈话》,《当代作家评论》1999年第1期。

一九八三——一九八五年

二十四—二十六岁。

一九八三年一月,余华在该年的《西湖》第一期发表短篇小说《第一宿舍》,此系余华的处女作。是年发表的其他小说有:《"威尼斯"牙齿店》(短篇,《西湖》第八期)和《鸽子,鸽子》(短篇,《青春》第十二期)。随后,余华被借调到梦寐以求的海盐县文化馆。

一九八四年发表的小说有:《星星》(短篇,《北京文学》第一期)、《竹女》(短篇,《北京文学》第三期)、《月亮照着你,月亮照着我》(短篇,《北京文学》第四期)、《男儿有泪不轻弹》(短篇,《东海》第五期)。其中《星星》获得了当年的《北京文学》奖。是年八月,余华正式调入海盐县文化馆。

对于余华来说,这一阶段是他从文学青年"转正"为作家的重要时期。但余华显然并不特别看重这个时期发表的作品,也从不将"少作"录入自己的各种作品选集。这时期的作品,有明显的文艺腔、模仿腔,与余华后来自成一体的、难以复制的文学风格相比,这时期的作品确实容易"像水消失在水里"①。

虽如此,余华此期的作品在评论界还是颇受一部分人好评的。直至几年后的一九八九年,仍然有评论家肯定其短篇《星星》的价值,认为《星星》"至今仍散发着动人的气息……艺术成就不在《雨,沙沙沙》之下"。并指出,当时的余华"善于在平凡的生活中发现诗意,在平静的叙述中表现诗意——这诗意又并不透明,而是如晨雾一般,既清新又迷蒙,混合着几分优美、几丝惆怅、几缕温馨、几许遗恨……于情调中闪烁某些充满善意的人生哲理"②。而余华当年在《星星》获奖后谈及自己的创作感言时,也说:"生活如晴朗的天空,又静如水。一点点恩怨、一点点甜蜜、一点点忧愁、一点点波浪,倒是有的。于是,只有写这一点点时,我才觉得顺手,觉得亲切。"③显然,当时的余华想象之中自己的文学之路是:"不求揭示世界,但求创造一种情调,追求阴柔之美。"④这样温馨平和的主题

---

① 博尔赫斯:《永生》,参见余华:《博尔赫斯的现实》,《读书》1998年第5期。

② 樊星:《人性恶的证明——余华小说论(1984—1988)》,《当代作家评论》1989年第2期。

③ 余华:《我的"一点点"》,《北京文学》1985年第5期。

④ 樊星:《人性恶的证明——余华小说论(1984—1988)》,《当代作家评论》1989年第2期。

设想,与后来余华的写作风格有着多么深阔的天渊之别,恐怕当初的余华自己也没想到不久后会走上另一条完全异向的"冷酷""暴力"文学之路,被人论为"他的血管里流动着的,一定是冰渣子"①。

除此,在被评论家一致认为余华作品已达成熟期的一九九一年,仍有论者对余华的这些早期作品大加赞扬:"全面阅读了他的作品,我发现余华创作的审美价值更多地体现在他的先前,或先前代表的把握世界的艺术方式中,而不是后来的符号化运作里。"因为,作品内蕴的"深和浅的标志不在于表现人性的正面还是反面,无论正面还是反面都显示着人性的内容……问题就看你是否感到了威胁生存的危险以及为避免危险而需要做的是什么",而余华早期的作品所传达的正是"为自己深深体验和感知、并带着天真的梦想和怀爱而苦苦追寻的人类童年或人生童年的感情……是对堕落的反拨,它传达了人们对精神救赎的深挚渴望,对童年情节的热切呼唤"②。

余华在县文化馆工作期间曾受命下乡采风,搞民间

---

① 朱玮:《余华史铁生格非林斤谰几篇新作印象》,《中外文学》1988年第3期。

② 张景超:《余华创作》,《求是学刊》1991年第4期。

文化三套集成。"在当初调入海盐县文化馆时,余华曾花了两三年时间很认真地领着任务,游走在海盐县的乡村之间,并经常坐在田间地头像模像样地倾听和记录农民们讲述的各种民间歌谣和传说。而《活着》开头出现的那个整天穿着'拖鞋吧嗒吧嗒,把那些小道弄得尘土飞扬'的民间歌谣搜集者,也正是这样一个人物。"①

值得一提的是,一九八三年十一月,余华接到时任《北京文学》编委周雁如电话,约其赴京改稿。这一"事件",在地处江南一隅的海盐引发轰动。余华第一次来到北京,并在改稿之余游览了故宫、长城。这次改稿之行,使余华的眼界和生活边界都得到了拓展,并在某种意义上使余华开始了写作历程的重要转折。

一九八六年

二十七岁。该年余华发表短篇小说《三个女人一个夜晚》(短篇,《萌芽》第一期)、《老师》(短篇,《北京文学》第三期)。

---

① 洪治纲:《悲悯的力量——论余华的三部长篇小说及其精神走向》,《当代作家评论》2004年第6期。

后来有论者认为,"一九八六年对余华来说是关键性的一年,在这一年,余华对生活的真实性及许多相关的问题进行了长驱直入的思考,并获得了突破性的进展,其结果就是他向文坛推出了一个很有特点的短篇《十八岁出门远行》[①]。这个作品的问世,标志着一种新艺术观点的初步确立",所以,"余华的创作始于一九八三年,但是他在文坛上显出特点则是在一九八六年。在此之前,他的观念是传统的,创作上也少有新鲜之作"[②]。后来很多评论家也对这一年余华创作上的突变现象进行解读,并从不同方面对突变的原因给出了多种分析。而在余华自己看来,一个重要的原因,是他认识了文学上的卡夫卡。

这年春天,余华与朋友在杭州逛书店,意外发现仅有的一册《卡夫卡小说选》,朋友先买下了。为此,余华以一套《战争与和平》从朋友那里换取此书。余华的创作先于对卡夫卡的阅读,但根据他多次的回忆,他在文学道路上的一次决定性"新生"却源于卡夫卡:"在我即将沦为文学迷信的殉葬品时,卡夫卡在川端康成的屠刀下拯救了我。

---

① 《十八岁出门远行》发表于一九八七年《北京文学》第一期,但一九八六年就已经创作完成。
② 张卫忠:《余华小说读解》,《当代作家评论》1990年第6期。

我把这理解成命运的一次恩赐。"①与川端康成不同,卡夫卡教会余华的"不是描述的方式,而是写作的方式"。余华曾坦言:"作为一个中国人,我一直以中国的方式成长和思考,而且在今后的岁月里我也将一如既往;然而作为一位中国作家,我却有幸让外国文学抚养成人。"②对卡夫卡的最初阅读使余华的文学观念和想象力获得了极大的解放:"一九八六年,我读到了卡夫卡,卡夫卡在叙述形式上的随心所欲把我吓了一跳。在卡夫卡这里,我发现自由的叙述可以使思想和情感表达得更加充分。"卡夫卡文学的想象性和梦幻性特点让余华开始反思文学的"真实性":"文学的真实是什么?当时我认为文学的真实性是不能用现实生活的尺度去衡量的,它的真实里还包括了想象、梦境和欲望。"③其次,通过对卡夫卡日记的研读,余华发现卡夫卡有一个"自己之外的自己":"(卡夫卡)在面对自我时没有动用自己的身份","或者说他就是在自我这里,仍然是一个外来者"。"他的日记暗示了与众不同的人生,或者说他始终以外来者的身份走在自己

---

① 余华:《川端康成与卡夫卡的遗产》,《外国文学评论》1990年第2期。
② 《在法中交流会上对四位中国作家的采访》,节选自《中国文学》一九九九年第四季度法语版。
③ 余华:《我的写作经历》,《没有一条道路是重复的》,第112—113页。

的人生之路上,四十一年的岁月似乎是别人的岁月。"①这直接影响了余华的"叙述态度":"我喜欢这样一种叙述态度,通俗的说法便是将别人的事告诉别人。而努力躲避另一种叙述态度,即将自己的事告诉别人。即使是我个人的事,一旦进入叙述,我也将其转化为别人的事。"②对余华小说叙述中的这种迂回风格以及他所喜欢的对于曲笔的刻意运用,莫言曾有如下描述:"如果让他画一棵树,他只画树的倒影。"③

这一点也引起了评论家的极大兴趣。仅仅两年后,作为较早关注余华作品的评论家之一,张颐武就在他的余华专论《"人"的危机——读余华的小说》一文中敏锐地指出:"余华从来不使用第一人称的'我'作为叙事者,他都是以'静观'式的第三人称来讲述他的故事,而且他从来没有兴趣在故事的进行中制造马原式的叙事混乱,而是以一种古典式清晰来虚构他的故事……余华不是一个小说的破坏者,而是一个沉浸在小说的常规中的'说书

---

① 余华:《卡夫卡和K》,《温暖和百感交集的旅程》,上海:上海文艺出版社,2004年版,第96—97页。

② 余华:《虚伪的作品》,《上海文论》1989年第5期。

③ 莫言:《清醒的说梦者——关于余华及其小说的杂感》,《当代作家评论》1991年第2期。

人'。一切似乎笼罩在一种平静祥和之中,但在这里却发生着最为耸人听闻的暴力的事件。"① 余华平铺直叙和平淡写实的叙事文体之中,"在对待生活中的暴力和暴力造成的恐怖时的安宁和冷漠"的态度让其震惊不已。还有论者也发出同样的感触:"他的叙述总让你觉得他不是在叙述他叙述的东西。他不动声色、无动于衷,麻木而机械,然而,他又把最细致而真切的感觉呈示给你。"②"作为作家的余华,似乎失去了与现实世界的一切利害关系,已经脱离了人类生活的世界而成了一个人类生活的纯然旁观者。他所构筑的小说世界可看成是作为现实世界的旁观者的他对现实世界的描述。"③

再次,也是更为重要的是,余华发现了"文学之外"的卡夫卡。阅读了更多"文学"的余华似乎意外地发现卡夫卡在"文学之外":"卡夫卡没有诞生在文学生生不息的长河之中,他的出现不是因为后面的波浪在推动,他像一个岸边的行走者逆水而来。很多迹象表明,卡夫卡是从外

---

① 张颐武:《"人"的危机——读余华的小说》,《读书》1988年第12期。
② 陈晓明:《后新潮小说的叙事变奏》,《上海文学》1989年第7期。
③ 王彬彬:《余华的疯言疯语》,《当代作家评论》1989年第4期。

面走进了我们的文学。"①"文学之外"的卡夫卡给了余华闪电般的启示。汪晖曾为此评论道:"'文学之外'是一个疆域无限辽阔的现实,倘若文学与生活的界线无法分割的话,那么,文学之外的疆域一定是一个独立于写作和生活的现实……"因此,在卡夫卡的直接影响下,余华的写作变成了一种"突破文本与生活界限的冲动"。可以这么说:在余华此后的文学生涯中,卡夫卡一直以独特的方式与他在一起②。

这年冬天,余华赴北京西直门的上园饭店参加《北京文学》的笔会,遇见了当时有"文学教父"之称的著名批评家李陀。余华将自己的新作《十八岁出门远行》交给李陀审读,李陀看完后说:"你已经走到了中国当代文学的最前列了。"后来,余华承认:"李陀的这句话我一辈子忘不了,就是他这句话使我后来越写胆子越大。"③

---

① 余华:《卡夫卡和K》,《温暖和百感交集的旅程》,第94页。
② 有关余华与卡夫卡的文学关系,赵山奎博士在《"文学之外"的拯救:余华与卡夫卡的文学缘》(《文艺争鸣》2010年第12期)一文中有精彩论述。
③ 余华:《"我只要写作,就是回家"——与作家杨绍斌的谈话》,《当代作家评论》1999年第1期。

一九八七年

二十八岁。

一九八七年对余华来说是个不凡的年份。一些评论文章认为,一九八七年是中国当代文学史上的"余华年",因为是年余华发表了其成名作《十八岁出门远行》(短篇,《北京文学》第一期),并紧接着又发表了《西北风呼啸的中午》(短篇,《北京文学》第五期)。在另一个重要文学刊物《收获》,他又连续发表了《四月三日事件》(短篇,《收获》第五期)和《一九八六年》(短篇,《收获》第六期)。若加上次年他分别在《北京文学》《收获》发表的《现实一种》《世事如烟》等重要作品,他作为一个青年作家的成绩已蔚为可观。他也从此开始确立自己在中国先锋作家中的地位。这些作品以对"暴力"的极度渲染震动了当时的文坛。《十八岁出门远行》和《现实一种》常在不同版本的文学史著作中被论及;实际上,《一九八六年》同样意义非凡,如果说前两者因其对荒诞感的有力揭示而显现出"世界性"和"形而上学性"的话,后者则更多地体现了"中国性"与"现实感",因为这部小说"并不特指一九八六年的当下,相反,对它的理解更多地被指向二十年前爆发以及十年前结束的'文革'。这是一个有关开始或结局的小说,一个关于如何开始又如何结局的小说。发生在一九八六年的一个疯子自戕的偶然事件,被寓言式地理解成以刑罚为标志的民族文化记忆和以'文革'为标志的国家集体记忆,以及以'看杀'为场景的现代文学记忆"①。"余华的叙事话语戳破了新一轮历史书写的假象……(历史教师)这样一个'正常'身份无限延宕、精神分裂式的主体,也许更切近'文革'、前'文革'、后'文革''似真似幻亦真亦幻'的主体境况。"因此被认为是"新时期文学书写文革达到少有高度的不多篇章之一"②。有论者如此总结道:"一九八七年底他正式出现于中国文坛上时,他俨然是个成熟作家;该年九月刊出的《十八岁出门远行》和《四月三日事件》已经具有难以模仿的余华风格,和只有他写得深刻的余华主题。次年一月,《现实一种》发表,一向反应迟钝的批评界开始觉察一个新的现实在出现。即使没有格非、苏童、孙甘露这些所谓第二波先锋派作家几乎同时崛起,余华也能使一九八八年成为中国大陆文学的丰

---

① 王侃:《年代、历史和我们的记忆》,《文艺争鸣》2010年第1期。
② 郑国庆:《主体的泯灭与重生——余华论》,《福建论坛》(文史哲版)2000年第6期。

收之年,使'新潮文学到顶'论的悲观预言家悔之莫及。"①法国人斯特法尼·非埃尔后来这样评说道:"《十八岁出门远行》把他送上了成功之路。这篇小说受到了评论家的极力推崇。从那以后,他与马原、苏童、格非一起成为了中国先锋派作家的代表人物。这些小说家在创作小说时习惯运用大量不同的风格(这些风格似乎相互寻找、重复着那些充满创意精神、探索精神和发现精神的经历),但是总是饱含激情与怜悯之心来描述那些小人物和那些通常悲惨的个人命运。"②余华自己也曾说道:"在一九八六年写完《十八岁出门远行》之后,我隐约预感到一种全新的写作态度即将确立。"③正如有论者指出的:"一九八六年对余华来说无疑是一个转折点",但是,"如果说一九八六年余华在思想上播下了一颗叛逆的种子,那么他要完成对常识的突破,建立起一个完全属于自己的世界,则还需要一个探索的过程"④。

是年二月,余华赴北京鲁迅文学院参加文学讲习班

---

① 赵毅衡:《非语义化的凯旋——细读余华》,《当代作家评论》1991年第2期。不过此文对余华若干作品的发表时间的记载有误。

② 法国《传媒报》(*Media*)。

③ 余华:《虚伪的作品》,《上海文论》1989年第5期。

④ 张卫中:《余华小说解读》,《当代作家评论》1990年第6期。

的学习;七月结束,返回海盐。

一九八八年

二十九岁。

是年发表的主要作品有:《现实一种》(中篇,《北京文学》第一期)、《河边的错误》(中篇,《钟山》第一期)、《世事如烟》(中篇,《收获》第五期)、《死亡叙述》(短篇,《上海文学》第十一期)、《难逃劫数》(中篇,《收获》第六期)、《古典爱情》(短篇,《北京文学》第十二期)。

一九八七年和一九八八年是余华的高产期,此后再也没有出现过如此密集发表小说作品的年份。

与此同时,评论界也开始敏锐地察觉到,余华此期的小说在逐渐发生变化:"从他的艺术思维看,一九八六、一九八七年的小说创作是实施了新变,而一九八八年写的小说则趋向完善。"研究者钟本康曾提及,余华在写给他的信件中说:"从一九八六年底起,视角发生了变化,也就是想看看这个世界的另一面,即反面。""所谓'反面',是指目前绝大多数读者(也不仅是读者)的经验世界里处于隐蔽状态的事物。如发表在《北京文学》上的两个短篇,就是使用逆思维、反逻辑的。后来曾打算写一篇题为

《反面》的中篇,但至今未写,主要原因是思考越深越广以后,觉得'反面'已经无法容纳他的全部智慧了。事实上,《一九八六年》《河边的错误》《现实一种》已经不像最初那样思考反面了。他承认,一九八八年写作的《世事如烟》《难逃劫数》乃至《古典爱情》,有着新的意义。"①余华后来又公开地对这两年的写作有过如此叙说:"从《十八岁出门远行》到《现实一种》时期的作品,其结构大体是对事实框架的模仿,情节段落之间的关系基本上是递进、连接的关系,它们之间具有某种现实的必然性。但是那时期作品体现我有关世界结构的一个重要标志,便是对常理的破坏。简单的说法是,常理认为不可能的,在我的作品里是坚实的事实;而常理认为可能的,在我那里无法出现。……当我写作《世事如烟》时,其结构已经放弃了对事实框架的模仿。表面上为了表现更多的事实,使其世界能够尽可能呈现纷繁的状态,我采用了并置、错位的结构方式。"②正如评论家所言:"余华给我们提供了一个难解的谜,他似乎在打破常规,但他的打破又全无自觉;他似乎在随心所欲地写作,但这种随意又构成了一次引人

---

① 钟本康:《余华的幻觉世界及其怪圈》,《小说评论》1989 年第 4 期。
② 余华:《虚伪的作品》,《上海文论》1989 年第 5 期。

注目的创新。"余华的作品构成了一个尖锐的反讽和二元对立,"语言是平静而安宁的,但语言所包含的意义和事件是暴烈而混乱的,他的小说的叙事方式是传统的,而内含是现代的"。进而指出:"在余华的本文中,语言和意义之间出现了剥离和断裂。在有序的语言世界背后却躁动着无序的实在和意义世界。"①

是年九月,余华进入鲁迅文学院和北京师范大学联合举办的创作研究生班学习,期间与莫言、刘毅然等成为同学。鲁迅文学院读书期间,余华开始广泛接触马尔克斯、福克纳、胡安·鲁尔福等大量现代作家的经典作品。这为后来应汪晖之约为《读书》杂志撰写名噪一时的随笔专栏埋下了伏笔。

也是从这一年起,余华引起了文学评论家们的格外关注,此后的每一年,都有篇幅不等的余华研究论文出现,并呈现成倍递增的态势。该年出现了两篇颇有水准的专门研究余华的论文,也是较早公开发表的关于余华研究的论文,分别是上文提及的张颐武《"人"的危机——读余华的小说》和王斌、赵小鸣《余华的隐蔽世界》。

---

① 张颐武:《"人"的危机——读余华的小说》,《读书》1988年第12期。

前者通过对余华发表于前一年(即一九八七年)的小说《四月三日事件》《一九八六年》和《现实一种》的分析,不仅论证了余华在叙述方式上的特异和创新,指出余华在以他"小说实验"的创作方式"动摇和消解着我们意识的基础";并且通过与张炜《古船》的分析比较,指出余华的小说"以独特的敏锐对深刻地贯穿于当代中国思想中的人道主义精神提出了质疑",在这里,"人道主义对人的更高标准的要求和对'人'的信念受到了异常强烈的攻击";并提出,余华营造了一个语言与暴力交织的世界,在这个世界里,"人"盲目而无奈地纠缠于无尽的语言符号之中,"人"不再具有"五四"时所赋予的主体意义,而变成了语言和暴力的载体,"这是中国文学从未有过的观念和意识"。进而,论者指出,余华所塑造的"这种文学意识开始脱离五四以来文学的整个传统,也开始脱离新时期文学的整个传统",认为余华的创作说明了"一种不同于以往的文学已经站在了我们面前"。

在后一篇论文中,研究者将余华彼时已问世的作品"视为他隐蔽世界(无意识)的一种绝非自觉的流露",即"隐喻角色",以《十八岁出门远行》和《四月三日事件》为例,分析了余华创作中的"十八岁"主题;进而推测这一主题来源于作者对"青春期"创伤性经验的回顾,而这种经验导致余华对人生的恐惧、怀疑和焦虑性心理情节,于是产生"自虐"倾向(这一特征确实在余华后来的很多小说中得以反映),进而促使余华从"十八岁"主题向"死亡"主题转移。接着,论者又从弗洛伊德提出的人的自我、本我和超我三种心理层次出发,分析了其作品中所透现的"死亡"主题。最后指出,"余华小说的真正价值不在于他对社会——人生作出什么样的评判",而在于他"富于勇气地"将他的笔触深入地探寻到了过去一直被人们讳莫如深地视为"禁区"的人生深层结构中,让人们有机会认识到人性中"罪恶"的存在,进而敢于正视自己。且不论论者对两种主题的承接关系的猜想和"死亡"主题的论证角度是否合理,不可否认的是,该论文对于"主题"概念的提出和论述,开启了关于余华作品主题研究的先河。自此,有无数的后来研究者循着这一印迹,从不同的角度展开了对余华作品(包括"死亡"主题在内)的主题研究。

一九八九年

三十岁。

是年发表的主要作品有:《往事与刑罚》(短篇,《北京文学》第二期)、《鲜血梅花》(短篇,《人民文学》第三期)、

《爱情故事》(短篇,《作家》第七期)、《此文献给少女杨柳》(中篇,《钟山》第四期)、《两个人的历史》(短篇,《河北文学》第十期)。此间的余华,或曰先锋时期的余华,是一位"寓言作家",而"寓言式的写法不但成就了他的精致、质朴和令人惊奇的简单,同时也造就了他的复杂、深邃和叙述上最大的恍惚感"①。

四月,余华受山东电视台邀请,与刘毅然等作家班同学数人一起穿越西部,沿途考察了新疆、甘肃、青海和西藏等地,历时一个多月。暑期赴山东威海,为山东电视台撰写《穿越西部》专题片。

九月,余华在《上海文论》第五期发表重要论文《虚伪的作品》。此文开篇即说:"现在我似乎比以往任何时候都要明白自己为何写作,我的所有努力都是为了更加接近真实。"这篇文章明确地表达了自己对"常识"、对"经验"所铸定的现实秩序的不信任,并全面阐释了自己的"真实观",阐述了"为内心写作"的文学追求。一九九一年,莫言在《清醒的说梦者——关于余华及其小说的杂感》一文引述《虚伪的作品》中最具思辨的一个小段落;余华的小说连同他关于经验、逻辑、常识、现实以及虚伪、真

---

① 张清华:《文学的减法——论余华》,《南方文坛》2002年第4期。

实的精辟论述引发了莫言这样的感叹:"其实,当代小说的突破早已不是形式上的突破,而是哲学上的突破。余华用清醒的思辨来设计自己的方向,这是令我钦佩的,自然也是望尘莫及的。"①一九九二年,余华在另一篇文章里再次提及《虚伪的作品》:"这是一篇具有宣言倾向的写作理论,与我前几年的写作行为紧密相关。……文章中的诸多观点显示了我当初的自信与叛逆的欢乐,当初我感到自己已经洞察到艺术永恒之所在,我在表达思考时毫不犹豫。现在重读时,我依然感到没有理由去反对这个更为年轻的我,《虚伪的作品》对我的写作依然有效。"②

十一月,作家出版社出版了余华的第一部小说集《十八岁出门远行》。年底,余华申请调入嘉兴市文联,为《烟雨楼》杂志编辑。"因为那儿有一个火车站,这样我每次出差回海盐就不用老是坐上几个小时的汽车了!"③余华后来曾如此戏言。

---

① 莫言:《清醒的说梦者——关于余华及其小说的杂感》,《当代作家评论》1991年第2期。

② 余华:《河边的错误·跋》,武汉:长江文艺出版社,1992年版,第346页。

③ 参见斯特法尼·非埃尔(Stéphane Fière)刊登于法国《传媒报》(*Media*)上的对余华的采访。

该年同样出现了数篇余华作品研究专论。其中,钟本康《余华的幻觉世界及其怪圈》,从余华其人写到其小说;通过一系列例证,论及余华这一时期的小说尤为突出地表现奇异的幻觉且这种幻觉世界总是带有荒诞的色彩;通过分析此期余华小说,指出"余华小说里写了那么多丑恶的东西",实际上是想"通过丑恶的赤裸裸放纵来求得战栗着的生命情绪的平衡";列举出作者本人曾经与余华的书信往来内容,论及余华的"逆思维、反逻辑",认为"余华小说往往将常态导向荒诞,形成一个'怪圈'",如"直线延伸成怪圈""双线交合成怪圈""多线连接成怪圈""多圆迭合成怪圈",以及"圆心放射成怪圈",并列举余华的不同具体作品一一破解分析,颇具哲理意味和新意[①]。樊星《人性恶的证明——余华小说论(1984—1988)》,从余华初期的《星星》谈及是年刚发表的《十八岁出门远行》,指出余华由初期的"温馨"主题逐渐转变为"恶"主题(这恐怕是最早提出的余华作品"转型论"了);并结合时代背景,在关照"新潮小说"的整体形势下,指出余华小说"转型"的原因"可能与他悲哀于人们对'文革'血写历史的遗忘有关",余华同莫言、残雪等其他"新潮小说"作家

---

① 钟本康:《余华的幻觉世界及其怪圈》,《小说评论》1989年第4期。

一样,以写"人性恶"来悲悯和静观人类的悲剧宿命,有着重要的启蒙意义;同时又为余华正言:虽告别了曾经的诗意,"但他绝不是随波逐流赶时髦,他在描绘冷酷人生的文学事业中显示出了自己的个性",应当继续向着"人性恶"的新的深度开掘①。王彬彬《余华的疯言疯语》,从心理学角度,首先与鲁迅的《狂人日记》相较,指出余华创造了一个投射于"文革"的"真实可信"的狂人世界,认为其作品"带有寓言的性质,它们是以一种极而言之的方式揭示了世界的不可捉摸和生活的荒谬绝伦";接着回应了樊星关于余华小说"恶"主题的观点,肯定了其"对人性恶的揭示"说法,而不赞同"人性恶的证明"的论点;并通过分析,揭示出余华小说的又一大主题:对常识的反叛②。至此,评论界对于余华作品的研究开始显现出争鸣的迹象。

一九九〇年

三十一岁。

是年发表的作品有:《偶然事件》(短篇,《长城》第一

---

① 樊星:《人性恶的证明——余华小说论(1984—1988)》,《当代作家评论》1989年第2期。
② 王彬彬:《余华的疯言疯语》,《当代作家评论》1989年第4期。

期)、《读西西女士的〈手卷〉》(随笔,《人民文学》第四期)、《走向真实的语言》(论文,《文艺争鸣》第一期)、《川端康成和卡夫卡的遗产》(论文,《外国文学评论》第二期)。

台湾远流出版公司也出版了小说集《十八岁出门远行》。

年底,余华从研究生班毕业,获文学硕士学位,之后返回嘉兴。此时,余华已开始了第一部长篇小说《呼喊与细雨》的写作。

这一年,又有部分评论家将关注的目光投注到余华和他的作品上,从不同的角度展开了对余华小说的透析。

张卫忠《余华小说读解》和洪治纲《余华小说散论》都颇有新意地论及了余华小说对于现实生活的反传统性表现手段和叙述方式上的特征,但各自的出发点和论点都不同。张卫忠认为,余华对生活的非传统性把握体现在"幻化"的方式上,即"将现实生活变成一种按自己的理解重塑过的生活",也就是说,余华将生活中的常识完全撕碎,沉浸于自我对世界的感知,而想象出一个精神世界,于是有了他所热衷的"精神病题材",所以,余华笔下的生活世界不是真实的,而是重构的;而洪治纲进一步指出,这种对精神世界的主观重构,恰恰达到了余华所要追求的"作品的绝对真实性",亦即"余华笔下的荒诞只不过是对现实生活和大众经验模式来说的,而对于作家主体精神来说,却是绝对的真实可信"。他还指出,余华小说是"完全借助想象描写从事细节刻画的",而这种对想象力的解除一方面能使作品"呈现丰盈的直接性幻象",另一方面"还体现了许多深层的象征意义……使他笔下的每一个人物都显得耐人咀嚼"。在叙述方式上,张卫忠发现了余华小说的三个特征:其一,视野的多重限制,即与传统的全知视角不同,余华总是将视野一再收缩,多重限制,到达一个最小限度,让读者管窥蠡测;其二,对生活进行抽象,省略背景、时间、情节等要素;其三,重感觉和幻觉的描写,"在文本的表层创造了一种色彩斑斓的效果"[①]。而洪治纲认为,余华小说在叙述母题上刻意追求残忍和暴力,使他的小说处处让"读者血液沸腾",有着明显的戏剧化特征;为了突出这种刺激效果,余华采用了西方现代主义一贯试用的非人格化叙述方式。同时,洪治纲还首次论及了余华小说的语言特点。他认为,余华的语言打破了普通的词语组合和结构,一方面追求一种非确定性语言,从而带来小说时空秩序上的紊乱和内在主旨的多样性;另一方面,又追求语言本身的简练、形象和

---

① 张卫忠:《余华小说读解》,《当代作家评论》1990 年第 6 期。

清丽的质感。于是,使得语言本身的清丽和其负载内容的强大形成了一种巨大的张力①。

张志忠《梦魇与选择》,从比较视域出发,将余华的小说与周梅森、残雪的作品相较,既指出了他们的相同点,即:"他们对于梦魇般的现实与现实般的梦魇的关注,将他们笔下的人物置身于残酷无情的、阴暗污秽的梦魇之中,记述他们的哀号,拷问他们的心灵,使审丑和审恶在文学中占有一定地位。"同时也指出他们不同的展现方式和表现出的迥异的情感趋向:残雪作为一名女性,对丑与恶采取诅咒的形式,笔下流露的是女性的敏感、神经质和包含着怯弱的强悍;周梅森在叙述中总会安放进他传统的价值判断,对人的心灵世界的批判不尽彻底;而与残雪的女性气质批判和周梅森的不彻底批判不同,余华的审视冷峻而酷烈,"余华有某种'超人'气质,不动声色地俯览芸芸众生的'残酷的游戏'",同时又犀利地指出"余华长于宿命般的氛围的营造和感性细节的雕镂,而经常忘却和放弃对作品的理性把握",而且,"作为小说家切不可把审视的目光,滞留在自我这个层面上……应该更热情更专注地审视自我之外的芸芸众生,从而使自己的作品

---

① 洪治纲:《余华小说散论》,《小说评论》1990 年第 3 期。

具有更开阔更恢宏的艺术空间,具有更宽泛的认识价值和审美价值"①。与之前的余华评论相比,张志忠对于余华作品冷酷叙事的论见虽不算新颖,但是其批评性意见还是尚可斟酌的。

一九九一年

三十二岁。

是年发表的作品有:《夏季台风》(短篇,《钟山》第四期)、《呼喊与细雨》(长篇,《收获》第六期)。

余华的第一部长篇小说《呼喊与细雨》(后更名为《在细雨中呼喊》)的发表引起了评论界广泛的关注,它被认为是一部"坦诚而令人震惊的心理自传","所有的感觉与幻想,表达的欲望,内心的焦灼,语言和想象力等等,全都登峰造极"。与此同时,这部长篇小说也被认为是"在某种程度上是近几年小说革命的一次全面总结,当然也就是一次历史献祭。这样的作品,标志着一个时期的结束,而不是一个新时代的开始"。因为,"对于余华来说,以及对于当代中国小说来说……这部心理自传中无可比拟的

---

① 张志忠:《梦魇与选择》,《文艺评论》1990年第5期。

心理经验和革命语法,毋宁说是最完全彻底的,因而也是最后一次叛逆"。"也许这是余华的最后一次冲刺,当代小说不会在极端个人化的心理经验和乌托邦世界里找到出路,如何与这个变动的社会现实对话,显然是一个无法回避的迫切的美学难题。"①在我看来,《呼喊与细雨》对于余华来说,其意义在于:一是他的写作主题开始呈扇面展开,在原有的"残酷"主题之外展开了"苦难"的主题,使他的小说在"纯粹"之外有了"复调",有了厚度;二是,这部小说所隐含的线索、情绪,的确是暗示余华进入"转型"的先兆。

这部小说后来在法国出版后,得到如此评价:"作者运用其清新的文笔,使其笔下的人物跃然纸上,营造出一种既荒诞可笑又令人心碎的特殊意境。"②"余华最为非凡卓越的成就在于他对故事的掌控能力,叙述视角变化的巧妙方式,对回忆的准确拿捏以及寓悲伤于幽默之中,喜剧之中又见悲剧色彩的精妙绝伦的写作方式。"③"这

---

① 陈晓明:《胜过父法:绝望的心理自传》,《当代作家评论》1992年第4期。

② 克莱蒙斯·布鲁克(Clémence Boulouque),详见《读书》(*Lire*)2004年4月,第89页。

③ 若西安娜·萨维尼奥(Josiane Savigneau):《丛书世界》,《世界报》(*Le Monde*)2003年5月23日,第4页。

部小说使得余华成为近二十年以来中国文坛最为闪耀的明星之一,其小说具有普世价值……阐述关于存在的人生大哲理:命运的交错、家庭关系、个体的孤独、宽容及人类乐于掌控一切的天性。"①

在英语国家,这部长篇也备受推崇。美国《声音艺术》书评认为,这是"一部迷人的小说,辛辣、幽默而且具有普世价值","指引我们穿越奇妙而复杂的人性众相"②。《出版商周刊》等多家媒体对其进行介绍和解读:"小说由零星的片断回忆组成,当我们摸索着记忆的线索,会发现无数信息的碎片","时间在其中起伏跳跃,每一个'时间'都退隐到背后"③;这部小说让我们观察到"我们的生活与其说根植于土壤,不如说是根植于时间……时间使我们前进或后退,并改变我们的方向"④。

而关于这部长篇处女作的写作过程,余华可谓煞费心血,经历了反反复复的修改与删减:"有时写得十分顺

---

① 安吉尔·皮诺(Angel Pino):《人类灵魂比天空更加辽阔》,《半月文学》(*La Quinzaine littéraire*)第 858 号(2003 年 7 月 16 日—31 日),第 13—14 页。

② 马修·米兰达:《余华〈在细雨中呼喊〉书评》,《声音艺术》(*The Art of Sound*)2007 年 9 月 12 日。

③ 威韦克·沙马:《余华:〈在细雨中呼喊〉评论》,Sharma.com,2007 年 11 月 24 日。

④ 美国《出版商周刊》(*Publishers Weekly*),2010 年。

手,可顺着顺着就陷入了另一种状态,于是,再回过头去重新考虑,不断地删节,不断地重写,以至于在最后一次定稿时还重写了相当一部分章节,并将原稿的二十四万字压缩成十六万字。"①三易其稿,审慎而细致,足见余华对这部小说的珍爱与所下工夫之深。无怪有论者用"完整、浑厚"来形容它,并认为"它没有了时下许多长篇小说所常见的不足,诸如中篇框架的填充,诸如舍不得割舍的冗赘,诸如虎头蛇尾的遗憾,诸如同义的反复等等"②。无疑,作为第一部长篇,它的好评与价值,是足以为余华以后的长篇创作提供经验和信心的。

同年,花城出版社出版了余华的第二部小说集《偶然事件》。台湾远流出版公司出版了余华小说集《世事如烟》。

也是在该年,《当代作家评论》第二期专门开设了一个"余华评论小辑"版块,刊发了数篇余华研究专论。

其中,上文提及的莫言《清醒的说梦者——关于余华及其小说的杂感》,以一个作家特有的感受式的批评方式评述了余华其人以及他的《十八岁出门远行》。关于作

---

① 潘凯雄:《〈呼喊与细雨〉及其他》,《当代作家评论》1992年第4期。
② 同上。

品,莫言认为《十八岁出门远行》"是当代小说中一个精巧的样板,它真正的高明即在于它用多种可能性瓦解了故事本身的意义,而让人感受到一种由悖谬的逻辑关系与清晰准确的动作构成的统一所产生的梦一样魅力"。因而,莫言断言余华是一个"清醒的说梦者"。莫言与余华曾经"同居一室,进行着同学的岁月",因此自觉"对这颗诡异的灵魂有所了解",并直言:"'正常'的人一般都在浴室里引吭高歌,余华则在大庭广众面前狂叫,他基本不理会别人会有的反应,而比较自由地表现他狂欢的本性……这家伙在某种意义上是个顽童,在某种意义上又是个成熟得可怕的老翁",有着充满"狂欢"的"童心"和"浪漫精神"。无独有偶,另一位作家徐坤也曾以"纯粹,真实,有些孩子气"这样的字眼来评论余华其人[1]。或许正是因着这样的顽童本性,余华才能以孩子的视角,如此深刻而透彻地窥视到孩童的内心,在他的作品中创作出无数个性鲜明的儿童形象,如《许三观卖血记》里许三观的儿子们、《在细雨中呼喊》里的江南少年、《黄昏里的男孩》中偷苹果的男孩等。但是,虽然塑造了如此众多的儿童角色,却没有人将其定位为"儿童文学作家"。陈晓

---

[1] 徐坤:《狂欢与庆典》,《青年文学》1999年第3期。

明曾分析其原因,指出:"对于余华来说,关注儿童心理却又并非是在写作'儿童文学'",主要原因在于其作品中所渗透出来的"非成人化视角",因为"这种视角更主要的是被运用于提供那种反抗既定语言秩序的感觉方式和语言表达方式,也就是说,这种'视角'更多的是一种'叙述视角',而不是人物角色或角色的真实的生活视点和心理时空"。亦即,余华通过叙事上的技巧,通过更有深度的内蕴表达方式,巧妙地将自己与儿童文学作家和儿童文学写作拉开距离,"第一次写出了为经典儿童故事所掩盖的童年生活"①。

与莫言感受式的批评和文本细读不同,另两位评论家张玞和赵毅衡则从理论角度对余华此期的所有作品进行了统观。张玞《现实一种——评余华小说》,以期"站在一种更高的批判其语言现实的高度",来"理解他的小说的意义和实验性质",认为"余华的独特之处是继马原建立自己的叙事统治之后,建立了语言的统治,前者任意拼贴,后者则任意涂抹。当然这'任意'是一种姿态。小说的确表现了语言建筑世界的肆无忌惮,从这个角度而言,

---

① 陈晓明:《胜过父法:绝望的心理自传》,《当代作家评论》1992年第4期。

他的实验富于革命性"。因为,自认为"对个人精神来说存在的都是真实的,只存在真实"①的余华,在他的作品中建造出了"由语言构成并且以语言为陷阱"的"另一现实",并通过一系列深沉而细致的分析让"我们看到了语言如何预设并完成一种现实"。

赵毅衡《非语义化的凯旋——细读余华》,分析了余华成名时的社会背景后说:"要在这样群星灿烂的背景上迥出伦辈,几乎是不可能的事,但是余华做到了。"赵毅衡借批评家李劼的话②,将余华与鲁迅相提并论,认为二者都有一个共同的主题,即意图完成"各种意义构筑体系之间可能的替换和对抗",不同的是,"鲁迅的对抗双方是以新旧来区分的","余华的对抗双方是以虚实来划分的",并认为,"虚和实的对抗有新旧对抗所不可能有的新的向度。这可能是本世纪初与本世纪末中国作家的区别"。进而具体分析,"在余华的早期作品中,这种主观因素多半是一种自我经验",而"稍晚一些的作品中,幻觉与现实的变幻超越了个人精神的范围",并认为"其动力存在于

---

① 余华:《我的真实》,《人民文学》1989年第3期。
② 李劼曾在其论文《论中国当代新潮小说》(《钟山》1988年第5期)中指出:"在新潮小说创作,甚至在整个中国文学中,余华是一个最有代表性的鲁迅精神继承者和发扬者。"

中国亚文化中一些根深蒂固源远流长的陋俗",表现为对人性残酷面的细节描写、对历史权利的颠覆、对中国文化的文本体系中处于至高地位的道德伦理的挑战,甚至后来由上述主题性颠覆变成文类型颠覆,如以《河边的错误》来戏仿传统的公案—侦探小说,以《古典爱情》来戏仿才子佳人小说,以《鲜血　梅花》来戏仿武侠小说,以此创造出强有力的现实效果,使他的作品"成为非语义化(desemantization)凯旋式"。是而批评家作此结论:"在中国近日的先锋派作家中,余华是对中国文化的意义构筑最敏感的作家,也是对它表现出最强的颠覆意图的作家……余华的小说指向了控制文化中一切的意义活动的元语言,指向了文化的构筑方式。在这里批判不再顾及枝叶而颠覆是根本性的。"

一九九二年

三十三岁。

是年发表的作品有:《一个地主的死》(短篇,《钟山》第六期)、《活着》(长篇,《收获》第六期)。

是年发表的长篇小说《活着》,是余华迄今为止最受欢迎的作品,至今保持着每年三四十万册的销量。余华在《活着·前言》中如此写道:"我感到自己写下了高尚的作品。"①他也曾以高度简洁的话语"点化"过这部作品:"以笑的方式哭,在死亡的伴随下活着。"批评界自这部作品发表始,二十年来一直保持着研究热情。有论者认为,"《活着》是当代小说中超越道德母题的一个典范,它不但高于那些以'解构'现存道德为能事的作品,而且也高于那些一般的在伦理范畴中张扬道德的作品。它使小说中的道德问题越出了伦理层面,而成为一个哲学的,甚至神学的问题","它所揭示的是这样三个层面:作为哲学,人的一生就是'输'的过程;作为历史,它是当代中国农人生存的苦难史;作为美学,它是中国人永恒的诗篇,就像《红楼梦》《水浒传》的续篇,是'没有不散的筵席'。实际上《活着》所揭示的这一切不但可以构成'历史的文本',而且更构成了中国人特有的'历史诗学',是中国人在历史方面的经验之精髓"②。同时,余华在《活着·前言》中写道:"随着时间的推移,我内心的愤怒逐渐平息……我开始意识到一位真正的作家所寻找的是真理,是一种排斥道德判断的真理。作家的使命不是发泄,不是控诉或者

---

① 余华:《活着·中文版自序》,上海:上海文艺出版社,2004年版,第3页。

② 张清华:《文学的减法——论余华》,《南方文坛》2002年第4期。

揭露,他应该向人们展示高尚。这里所说的高尚不是那种单纯的美好,而是对一切事物理解之后的超然,对善与恶一视同仁,用同情的目光看待世界。"①余华对其写作心境和理念的自述,以及《活着》中所展示出的新质,让批评界普遍认为这部作品是余华的转型之作,他在这部作品中表现出来的现实态度和情感含量,使批评界认为他已摆脱了先锋文学落幕后的困顿,并在仍处困顿的先锋作家群中脱颖而出,"余华以往所走的创作路子,可谓是在走钢丝",可是《活着》的出现,让"余华从那条细得不能再细的小道上脱颖而出","走出'灿烂'来了",自此,"他已经是在凭'底蕴'来写小说,而无须过分地依赖其写作技巧了"②。

《活着》后来被译成英文、法文等多种文字在各国出版,广受关注,评论众多。"这部小说是一部反空想主义作品。小说以非凡的深度描述了主人公面对着人类一贯严峻的生存环境所做出的妥协。""虽然这些人物是中国人,但是他们与我们这些西方的读者也很相近,因为小说向我们展示了他们人性的方面:他们如何爱,如何欺骗与

---

① 余华:《活着·中文版自序》,第3页。
② 阿航:《为余华喝彩》,《文学自由谈》1993年第3期。

被欺骗,还有最后他们如何与他们的镇长、他们的邻居甚至和我们自己相像……同所有好的故事一样,余华的小说也运用了一些必要的技巧,通过将现象夸大从而深化主题,激起读者对主人公的怜悯之情。"① 在他们看来,一部《活着》,能让读者"感受一个过去的中国"。余华曾在接受 B.N.F.(法国国家图书馆)采访时说:"在中国,家庭责任感远远胜于社会责任感。各种社会关系是通过家庭而不是通过个人联系在一起的。因此,我选择通过描写中国家庭的现实来描写整个中国社会的现实。"可以说,自《活着》起,余华开始被正式推向世界性的舞台。

这一年,余华与作家班同学、诗人陈虹结婚。余华认为,妻子陈虹对自己后来的创作产生了非常重要的影响。该年余华受聘为浙江文学院合同制作家,聘期一年。

长江文艺出版社出版了其小说集《河边的错误》;台湾远流出版公司出版了其长篇小说《在细雨中呼喊》。

该年,距余华的第一部长篇小说《呼喊与细雨》的公开发表已有一年时间,期间,更多的读者开始接触到这部作品,更多的批评家们也开始将目光投向它。

---

① 金丝燕:《中国近代文学中主观的文风》,http://misspotatoe.skyrock.com/。

首先值得一提的是,《当代作家评论》第四期也为这部小说开设了一个评论小辑的版面,选取了三位批评家的专论。陈晓明《胜过父法:绝望的心理自传——评余华〈呼喊与细雨〉》首先肯定了这部小说的出现之于当时文坛的价值;将其定义为一部心理自传,它以"非成人化视角"表达了余华"回到真实生活中去的愿望","过去被余华压制在幻觉、语感和叙述视点之下的故事,浮出了叙述地表",也在叙述中解构了传统的"父法"权威。韩毓海《大地梦回——〈呼喊与细雨〉的超验救赎意义》,认为余华倾向于构建"双重文本":"一方面以物/空间的冷漠和无所不在消解历史/时间的乌托邦,同时又以梦幻和故事来抗拒冰冷现实的绝对性。"《呼喊与细雨》体现了余华"对于现实原则的合理性的质问",借助文中"'我'童年时代最深重的心灵创伤和心理焦虑"来"重返历史的原生情境",让心灵得以救赎,是而余华同鲁迅一样,实乃一个"清醒的说梦者"。潘凯雄《〈呼喊与细雨〉及其他》由《呼喊与细雨》而谈及余华的写作过程及"拆解式阅读"习惯;认为这部作品有"一种奇异的审美效果,即单个语言意义指向的明晰和作品整体意义的隐蔽"。这篇写作背景追溯似的评论,是基于批评家在此之前就发表于同一期刊的另一篇文章:《走出轮回了吗?——由几位青年作家的长篇新作所引发的思考》,其中论及《呼喊与细雨》,指出它叙述上的一个革新点,即用重组小说时空的方法打碎了余华往常讲故事的完整性。

综上可见,这几篇单独评论《呼喊与细雨》的文章,基本上都是流连于对作品内涵意义的论述,解读尚显单一和浅显;而这部作品中所折射出的余华创作风格的"转型"端倪,似乎还无人果断明晰地指出。

除此,仍有部分批评家将视野停驻于余华之前的作品中,或统观式地论述,或比较式地解读。有论者截取了余华一九八六年以后发表的作品,分析了余华小说蕴含的"反讽——张力"这一深刻的结构模式的三种形式,分别是"传统——现代""写实——象征"和"暴力——诗情",从而使得余华的作品产生出较大的艺术张力和双重意义①。另一论者独辟蹊径,从中国源远的术数文化角度出发,结合余华本人的成长环境、貌相和作品,将其喻为"神猴",指出"从余华的文字看,他对术数文化的伦理价值的冷峻观察,更证实他生就一副孙猴子式的火眼金睛",并以《四月三日事件》为案例,认为其中作为中心人

---

① 王爱松:《余华小说的"反讽——张力"结构模式》,《中国文学研究》1992年第1期。

物的星命学家的无情行为体现和根源于"术数文化的无爱性",而其最终遭遇表现了余华"试图承担起对于术数文化的实践理性意义的伦理学审判"①。先不论这一论证是否有其合理性和价值意义,但论者以术数文化作为视野的展开点,无疑为整个余华研究的发展注入了新质。王彬彬从比较视域出发,论述余华与残雪、鲁迅的关系②,虽然余华与后两者的异同早有人论及过,但将三者同时纳入同一篇幅中谈论,还是首例。文章首先将余华与残雪的作品进行比较,再将二人与鲁迅相较,指出"残雪的小说世界如垃圾堆,而余华的小说世界则如屠宰场",二人都毫不留情地揭示人性之恶而不屑于担当"启蒙"的使命,鲁迅则"即使心中本无希望……也在作品里硬缀些希望"。因而作此论断:余华和残雪均不是鲁迅所呼唤的"怪鸱的真的恶声"③。

另一篇值得一提的文章,是关懿珉《生命的焦灼与抗

---

① 胡河清:《论格非、苏童、余华与术数文化》,《当代作家评论》1992年第5期。
② 王彬彬:《残雪、余华:"真的恶声"?——残雪、余华与鲁迅的一种比较》,《当代作家评论》1992年第1期。
③ 鲁迅:《"音乐"?》,《鲁迅自编文集·集外集》,南京:译林出版社,2014年版,第50页。

争——余华〈夏季台风〉解读一种》①,不仅是因为它第一次单独而详尽地解读了这篇《夏季台风》,也因为其解读出了新的意义。通过文本细读,论者认为,《夏季台风》写出了群体性的"现代人感受到自身生存窘境而导致生存危机之后一种担心与忧虑",而超越了余华以往"个人经验"(自我内心与想象世界)的范围;而且,余华"不再只是描绘一片废墟",而是"试图在废墟上重建人类的精神家园","这是余华的变化"。显然,这与上文中王彬彬所论述的余华只揭露人性恶而不给予希望的论点相反。或许从这个层面来说,关懿珉所解读的余华更符合鲁迅"怪鸱的真的恶声"。

一九九三年

三十四岁。

是年发表的作品有:《祖先》(短篇,《江南》第一期)、《命中注定》(短篇,《人民文学》第七期)。

八月,调离嘉兴市文联,并定居北京,开始职业写作。关于北京,余华曾经在意大利《解放报》的记者马克·罗

---

① 发表于《小说评论》1992 年第 5 期。

马尼的采访中说:"虽然我现在生活在北京,可是我知道自己属于中国的南方,当我坐到写字桌前,我就明白自己要回到南方去了。只有在我不写作的时候,我才能意识到北京是存在的。"① 或许那座江南小城海盐之于余华青少年的生活记忆太过深刻,比起他的第二故乡北京,海盐无疑是余华永远的精神故乡。

《活着》获《小说月报》第六届百花奖。台湾远流出版公司出版了其小说集《夏季台风》。

学界对于余华作品的讨论和研究持续热烈,《呼喊与细雨》也依旧是批评家论及的热点。

陈思和、李振声、郜元宝和张新颖四位评论家在复旦大学展开了一场关于余华的讨论,是以借"中国小说的先锋性能走多远"的论题来关照二十世纪末小说发展的多种可能性。在讨论中,四位批评家梳理了余华前期作品的先锋性,也一致看到了自《呼喊与细雨》起,余华小说"从先锋向世俗的变化"的倾向,而且,"这变化对当代被称为'先锋小说'的创作思潮具有象征性意义";也谈到了其变化的具体新质(如作品形式化的淡弱、更接近生命本身的生存感悟等)、可能性原因以及先锋小说的现状与出

---

① 意大利《解放报》1998 年 6 月 14 日。

路,让我们看到了彼时"小说本来应有的可能性和它在目前所能达到的现实性之间的距离",以及,《呼喊与细雨》的出现之于余华个人的创作和整个"先锋文学"的意义①。

谢有顺《绝望审判与家园中心的冥想——再论〈呼喊与细雨〉中的生存进向》,认为余华在这部长篇中运用了一种"潜入人物内心深处的写作方式,是他区别于过去的一个重要标志"。的确,在这部小说里,余华似乎放弃了赤裸裸的杀戮游戏,放弃了满是形而下的欲望和暴力描述,而是大量起用了一度带有温情意味和人性关怀的心灵语言,"心灵语言对行动代码的取替,无疑使《呼喊与细雨》具有了更为内在深刻的精神内涵与情感向度"。关于心灵语言之于小说的重要内在力量,福克纳也曾发表过如此言说:"我认为,今天人类的悲剧,在于环宇四处布满了肉体的恐惧,而这种恐惧持续已久,以致使我们麻木不仁,习以为常。今天,我们所谓心灵上的问题已不复存在,剩下的只有一个疑问:我们何时被战争毁灭?因此,当今从事文学的男女青年已把人类内心冲突的问题遗忘

---

① 参见陈思和、李振声、郜元宝、张新颖:《余华:中国小说的先锋性究竟能走多远?——关于世纪末小说多种可能性对话之一》,《作家》1993年第4期。

了。然而,唯有这颗自我挣扎和内心冲突的心,才能产生杰出的作品,才值得为之痛苦和触动。"① 于是,从这个向度上来说,谢有顺认为:"几年来先锋小说的疲软,在这部小说中找到了足以引以为豪的慰藉。《呼喊与细雨》是对先锋小说艺术经验的一次有力总结,它向我们预示了一个新的小说时代正在远远到来。迄今为止,在新一代小说家中,只有余华,才能如此全面地向我们展示小说所能达到的艺术高度与精神限度。"②

另一批批评者仍将研究视点聚焦于余华全部作品的统观上,勘探出余华作品新的特质。其一,从叙述表达的角度出发,挖掘出余华小说所蕴含的反讽艺术:余华因其作品总是力图"摆脱一切约定俗成的经验、理性、观念的偏见和固执,对生活进行'取蔽'处理,让客观世界以其原初的、固有的状态呈现出来",因而使得常识与真实之间形成一种对抗关系;同时,余华与他笔下所描述的暴力和死亡保持了一种冷漠的间离,即"距离的客观的态度"。所以,余华在他的作品中是以"逃离与调侃"的方式来认知世界的本质。于是,余华这样的叙述方式正契合了德

---

① 参见《诺贝尔文学奖颁奖演说集》,南昌:百花洲文艺出版社,1991年版,第374页。

② 发表于《当代作家评论》1993年第2期。

国文论家施莱格尔的说法:"反讽是认识到这样一个事实:世界在本质上是诡论式的,一种模棱两可的态度才能抓住世界的矛盾整体性。"因而,"反讽,成为余华的一种基本的文化态度"①。其二,从比较视域出发,论证出鲁迅与余华小说创作的精神同构性:二十世纪有过两次批判传统的大潮,分别是"五四"和"新时期",鲁迅和余华分别是这两个浪潮里的代表者,他们都试图在作品里表现对传统价值的重估,都刻画过戏剧人生里的中国"看客",都揭示出了现实人生里的"荒原感"和深层悲剧感,都表达了人类对家园神话的寻求之心②。

一九九四年

三十五岁。

是年发表的作品有:《战栗》(中篇,《花城》第五期)、《吵架》(短篇,《啄木鸟》第四期)、《在桥上》(短篇,《青年文学》第十期)、《炎热的夏天》(短篇,《青年文学》第十期)。

---

① 耿传明:《颠覆常识的艺术——余华小说中的反讽描写及距离控制》,《烟台师范学院学报》(哲学社会科学版)1993年第3期。
② 陈达:《论鲁迅、余华小说创作的精神同构性》,《浙江师大学报》(社会科学版)1993年第6期。

年初,受聘为广东青年文学院首批签约作家,聘期一年。

台湾麦田出版公司和香港博益出版公司先后出版了《活着》;法国 Hachette 出版公司出版了《活着》法文本,同时法国 Philippe Picquier 出版公司也出版了法文版小说集《世事如烟》。荷兰 De Geus 出版公司出版了荷兰文版《活着》。美国夏威夷大学出版社出版了英文版小说集《往事与刑罚》。从此,余华作品陆续以各种语种被广泛译介到其他国家。

是年,《活着》入选《中国时报》评选的一九九四年十本好书和香港博益评选的十五本好书。值得一提的是,由余华本人参与编剧的同名电影《活着》,在张艺谋执导下于是年拍竣。这部电影在第四十七届法国戛纳国际电影节被提名金棕榈奖,并最终获得评委会大奖、最佳男主角奖、人道精神奖,还成为第十三届香港电影金像奖十大华语片之一,获全美影评人协会最佳外语片奖,获英国全国"奥斯卡奖"最佳外语片奖,紧接着又获得美国电影"金球奖"最佳外语片提名。在欧洲,这部电影经久不衰地放映,并在广大观众心中留下了一份极具异国风情的真实感,被广泛地认为是中国乃至亚洲影视作品的代表作,也被视为张艺谋在欧洲最出名的电影之一。这部电影也使余华在欧美地区进一步受到关注,"他的作品被先后译成十几种语言,而且在美国读者心中,他能够与海明威相提并论"①。不过,这部电影至今未能在中国内地公映。

该年的余华作品解读,主要集中在对余华创作观的探讨和作品表现世界的阐释上。其中,对《活着》的单篇解读开始涌现:《活着》表达了一种"对生存本真的拷问"态度,揭示了"生是苦难""生是空幻"的生命意识,以此,余华"以道家的风范"从尖锐的先锋走向了超然,昭示了中国先锋派"先锋"意义的转向,这同以"焦灼的寻求和执拗消解着生的疑问"的《等待戈多》"会合"着又"告别"着②。《呼喊与细雨》依旧是批评家研读的主角:"这部长篇无疑是余华自我文学形象的再次否定",因为,它从根本上颠覆了评论界以往对他作品"人性恶的证明"、精神病者的"疯言疯语"的框定,"回复和平衡了他以往创作的主题,而显出一种更质朴的圆熟,尤其是以其'新写实主义'的浓郁气息,为读者展示了另一个余华形象,并提供

---

① 缪瑞艾拉·雅普(Muriel Jarp):《余华,微笑面对人生》,瑞士洛桑报刊《24小时》(*24 heures*)2007年9月21日。
② 赵彦芳:《在生命意识的基点上契合——〈活着〉和〈等待戈多〉主题的对比研究》,《枣庄师专学报》1994年第3期。

了许多新的话题"①。"在后新潮小说中,余华小说无疑是先锋特征异常鲜明的代表之一。一方面余华十分注重技术层面的实验与探索,这集中体现在其小说形式上;另一方面余华小说又凝聚着异常鲜明的精神特质,这是余华小说明显区别于其他先锋小说之处。这两方面的探索有机地结合于余华小说中,为理解余华小说增加了难度。"②于是,始终有一批批评家致力于对余华作品主题向度的挖掘,以期打开余华小说的理解通道:除已被论及的"暴力""现实"被以新的角度重新解读,"历史"和"时间"也被划归为观照余华小说的"核心密码"③;除此,"苦难"命题被安插在"今天"与"明天"的辩证性思考中再次得到细致而深刻的论证④;当然,余华主题的变化演进也被论者收入眼底:"从人性恶到宿命论的笼罩,余华的文本似乎在一直显示一种末日的危机。然而余华所要寻找的并非只有这些,他也在探索世界新的结构与意义",对

---

① 吴义勤:《切碎了的生命故事——余华长篇小说〈呼喊与细雨〉评论》,《小说评论》1994年第1期。
② 黄蕴洲、昌切:《余华小说的核心语码》,《小说评论》1994年第1期。
③ 同上。
④ 郜元宝:《余华创作中的苦难意识》,《文学评论》1994年第3期。

"时间的颠覆"和"父法的解构"就成为方式之一①。

一九九五年

三十六岁。

是年发表的主要作品有:《我没有自己的名字》(短篇,《收获》第一期)、《许三观卖血记》(长篇,《收获》第六期)、《女人的胜利》(短篇,《北京文学》第十一期)、《我为什么要结婚》(短篇,《东海》第八期)。

《许三观卖血记》再次震动中国文坛。余华自己在这本书的单行本序言里说:"这本书其实是一首很长的民歌,它的节奏是回忆的速度,旋律温和地跳跃着,休止符被韵脚隐藏了起来。作者在这里虚构的只是两个人的历史,而试图唤起的是更多人的记忆。"②有批评家如此评论这部长篇小说:"《许三观卖血记》也一样,它完全可以看作是一个当代底层中国人的个人历史档案。作为哲学,'卖血'即生存的基本形式,是'用透支生命来维持生存';作为政治,血是当代历史和政治的基本形象和隐喻

---

① 关懿珉:《论余华》,《河北学刊》1994年第3期。
② 余华:《回忆之门》,《灵魂饭》,海口:南海出版公司,2002年版,第210页。

方式;作为美学,卖血的重复叙述构成了生命和时间的音乐。它同样是映现着中国人历史诗学的一个生动文本。"①如果说,《活着》所表现出来的质朴风格与悲悯气质还让批评界感到意外的话,《许三观卖血记》则再次让批评界相信,余华已经"告别虚伪的形式"②。余华就此进行的自我评价是:"我知道自己的作品正在变得平易近人,正在逐渐地被更多的读者所接受。不知道是时代在变化,还是人在变化,我现在更喜欢活生生的事实和活生生的情感,我认为文学的伟大之处就是在于它的同情和怜悯之心,并且将这样的情感彻底地表达出来。文学不是实验,应该是理解和探索,它在形式上的探索不是为了形式自身的创新或者其他的标榜之同,而是为了真正地深入人心,将人的内心表达出来,而不是为了表达内分泌。"③的确,余华的作品似乎开始显见地脱离暴力、冷酷等"冰渣"特质,仿佛冰封已久的冬雪悄悄融化,渐趋温暖。尤其是关于作品中人的塑造,余华的观点有了较大改观:1989年,余华在其创作谈《虚伪的作品》里说:"我并不认为人物在作品中享有的地位,比河流、阳光、树叶、

---

① 张清华:《文学的减法——论余华》,《南方文坛》2002年第4期。
② 吴义勤:《告别虚伪的形式》,《文艺争鸣》2000年第1期。
③ 余华:《说话》,沈阳:春风文艺出版社,2002年版,第114页。

街道和房屋来得重要。我认为人物和河流、阳光等一样,在作品中都只是道具而已。"① 而在《许三观卖血记》里,为家人无私奉献和牺牲自我的许三观,不再是纯粹形而下的行动道具,而是变得有血有肉,有着繁复而深刻的生命情感。关于这一点,批评家潘凯雄也如此感慨:从《活着》开始,人物的分量在余华的"创作中明显加重,甚至成为作品构成的支柱,《活着》也好,这部《许三观卖血记》也好,都是围绕着人物在布局谋篇。以前的作品中虽然也有人物,但那里的人物更像一种符号、一种象征、一种隐喻"②。

批评界普遍认为,自《活着》始,至《许三观卖血记》终,余华完成了他个人写作道路上的成功"转型"。但也有相反的看法,如作家格非就认为:"现在的余华更加偏爱略带感伤的温情,在很多天真的批评家的笔下,这种倾向无疑是余华蓄谋已久的风格转向的明显标志。但至少在我看来,他依然没有偏离其一以贯之的哲学、美学立场。只不过,他稍稍改变了方式——它更加自然,不动声色,所有特征的力度都得到了强化,肉体和心灵所受到的

---

① 余华:《虚伪的作品》,《上海文论》1989 年第 5 期。
② 余华、潘凯雄:《新年第一天的文学对话——关于〈许三观卖血记〉及其它》,《作家》1996 年第 3 期。

双重惩罚逃离了各类物理器械的切割,转向更为表面,也更为深邃的日常生活的磨难。而温情固有的欺骗性,在过去是利刃的磨刀石,现在则成了命运转折的润滑剂。"①

当然,不管这部小说能否说明余华已彻底转型,我们都有理由相信,余华是一个视点多元、笔触丰满的作家,他跟新时期不断变换风潮的中国文学一样,笔触在多维的世界里自由切入切出,不断给读者带来新的阅读感受。因为,在他的文学世界里,不仅有着窥测历史的纵向厚度,也有着浸染了中外文学名家的横向广度,正如陈晓明所言:"余华深受卡夫卡和法国新小说的影响,前者使他对生存的异化状况(扭曲的变形的生活)有着特殊的敏感;后者则为他进入语言的世界铺平道路,那种无限切近物质却又在真实与幻觉的临界状态摇摆的叙述方式可以看出萨洛特、西蒙和罗伯-格里耶的影子。当然,鲁迅的冷峻笔法也使余华在进入丑陋世界的同时,显得不露声色而游刃有余。"②因其对这个世界有着横贯相合又融入

---

① 格非:《十年一日》,《塞壬的歌声》,上海:上海文艺出版社,2001年版,第69—70页。

② 陈晓明:《被历史命运裹胁的中国文学——1987—1988年部分获奖及其落选小说述评》,《当代作家评论》1995年第3期。

个体的独特理解方式,余华亦不会有影响的焦虑,因为,罗兰·巴尔特早就有如是言:"对作家而言,理解一种现实语言,就是最具有人性的文学行为。"①余华让我们看到了中国文学在不断发展中的多种可能性,也昭示了文本写作的多元性。

《许三观卖血记》被翻译成外文在多国出版后,也掀起了外媒的评论狂潮:在比利时,余华被认为是在中国当代青年作家中"游离于诙谐的格调、时代的批判及文学赖以生存的人道主义之间,做得最为游刃有余的一个"②。"余华选择了用诙谐幽默的方式来阐释这个制度的荒谬。他成功地结合了正义与讽刺,细腻与遒劲有力的文风以及历史事件与一个小人物坚毅地生存、固执地活着的心路历程。"③《南方挑战》杂志盛赞其"是一个寓言,是以地区性个人经验反映人类普遍生存意义的寓言";《展望报》则更是认为"余华是唯一能够以他特殊时代的冷静笔法,来表达极度生存状态下的人道主义"的作家;在法国,

---

① 罗兰·巴尔特:《符号学原理》,李幼蒸译,北京:三联书店,1988年版,第64页。
② 比利时《通往未来之路报》(*Vers l'avenir*)1997年12月10日。
③ 帕斯卡尔·奥布鲁,详见比利时报刊《夜晚》(*Le Soir*)1997年12月24日—25日。

《读书》杂志称《许三观卖血记》为"一部精妙绝伦的小说,是外表朴实简洁和内涵意蕴深远的完美结合";《目光》杂志则称"在这里,我们读到了独一无二的、不可缺少的和卓越的想象力"①。《中西部新共和国报》转引英国 NR 杂志评论说,这部作品"用生动感人的笔调向读者展示了纯朴与人道主义的真谛。这是一部精妙绝伦的小说,是朴实简洁和内涵意蕴深远的完美结合,它必将在文坛上熠熠生辉"②。法国《尼斯晨报》则以"伟大的小说家"③来评价余华。还有外媒认为这部小说"体现了基顿与孔子的完美结合","让人放声大笑的同时却又催人泪下,与巴斯特·基顿式幽默颇为相似,同时还充满着孔子的仁义道德"④。

五月,余华前往法国,参加圣·马洛国际文学节。余华后来在接受一位外国记者采访时说:"(我曾为此)买了

---

① 转引自吴义勤:《告别"虚伪的形式"——〈许三观卖血记〉之于余华的意义》,《文艺争鸣》2000年第1期。

② 《中西部新共和国报》[*La Nouvelle République（du Centre Ouest*)]1997年12月11日。

③ 《尼斯晨报》(*Nice-Matin*)1998年1月4日。

④ 《基顿与孔子的完美结合》,米雷耶·贝尔卡尼专栏(*La Chronique*),《大赦国际》(*Amnesty International — AI*)月刊2004年1月,第25页。

一套西装。但那天我在现场看见了一个很出名的作家也是相当衣冠不整。于是,我便从此将西装搁置起来。既然他可以这样穿,我也可以!"并自得于"我活到现在还从来没有穿过西装"。外媒因此曾评及:余华的穿着风格就跟他的文风一样,简单朴实。对此评价,余华也深表同意:"追求语言的简洁,不拖泥带水是我的一贯风格,当然我现在使用语言,去掉了许多装饰性,过去我尽量让语言具有更多的可能性。"①

是年,香港博益出版公司出版小说集《战栗》。中国社会科学出版社出版了《余华作品集》(三卷)。

一九九六年

三十七岁。

是年发表的小说只有《我的故事》(即后来的《我胆小如鼠》,短篇,《东海》第九期)。但余华是年发表的一些随笔、论文和访谈颇为重要:《叙述中的理想》(随笔,《青年文学》第五期)、《长篇小说的写作》(论文,《当代作家评

---

① 余华、潘凯雄:《新年第一天的文学对话——关于〈许三观卖血记〉及其它》,《作家》1996 年第 3 期。

论》第三期)、《布尔加科夫与〈大师和玛格丽特〉》(随笔,《读书》第十一期)、《谁是我们共同的母亲?》(随笔,《天涯》第四期)、《强劲的想象产生事实》(随笔,《作家》第二期)、《三岛由纪夫的写作与生活》(随笔,《作家》第二期)、《新年第一天的文学对话——关于〈许三观卖血记〉及其它》(访谈,《作家》第三期)。

台湾麦田出版公司和香港博益出版公司先后出版了《许三观卖血记》。法国 Actes Sud 出版公司出版了法文版《许三观卖血记》。秋,余华应邀前往瑞典访问。

是年,学界关于余华著作的研读,依然呈现如火如荼的局势。关于《活着》和《许三观卖血记》的讨论,余热依旧。余弦《重复的诗学——评〈许三观卖血记〉》认为余华的创作偏爱"重复"叙事,"死亡事件的重复发生完成《活着》的叙事,在《许三观卖血记》中,许三观接二连三的卖血行为以主导动机的方式结构了整部小说",指出《许三观卖血记》是对"重复"叙事中"主题重复"的演绎,即"性质类似的事件在小说中重复发生",从而达到了小说主题意义上的增值[①]。洪治纲则从《许三观卖血记》等作品中

---

① 余弦:《重复的诗学——评〈许三观卖血记〉》,《当代作家评论》1996 年第 4 期。

看到了先锋小说审美动向的改变,认为其不仅光复和还原了先锋小说所丧失的"意义"立场即精神关怀,还在叙事策略上进行了重新调整和尝试,"这种对信仰、立场的重新找回,使我们看到,先锋作家所守望的已不再是写作的游戏,而是用生命本身去与存在较量,用灵魂的倾述来警醒那些沉湎于实利的心灵"[1]。另有论者从比较视域来探解《活着》,分别将其与米兰·昆德拉的《生命中不能承受之轻》和格非的《边缘》比较,以此"探索世纪之交中国文学的嬗变和走向"[2];同时也指出,"这是当代先锋小说创作中经过了一系列感官和语言的猎奇探险之后,走进了庄重的艺术殿堂,演述着生命在不幸和灾难中保持着自在状态的故事"[3]。

丹麦汉学家魏安娜以余华的《现实一种》为阐释对象,从民族与时代的视野出发,认为余华的写作以一种与众不同的方式关涉中国当代文学中自二十世纪八十年代初即已突显的个性与民族性问题:"在中国,他的创作曾

---

[1] 洪治纲:《逼视与守望——从张炜、格非、余华的三部长篇近作看先锋小说的审美动向》,《当代作家评论》1996年第2期。

[2] 陈孟、陈煜、王鸿雁:《生命之轻与生命之重——〈生命中不能承受之轻〉与〈活着〉比较》,《学术交流》1996年第6期。

[3] 舒文治:《在边缘活着——从〈活着〉〈边缘〉考察先锋小说对生存境态的演述》,《小说评论》1996年第2期。

如催化剂,刺激了各种不同的对待审美现代性之一般观念的美学态度的显现;在西方,一些华人学者如唐小兵、赵毅衡等,在他们的有关中国文学中现代与后现代的存在或存在之可能性的思考中,常常视余华为中心角色。"并以文本解读的形式阐释了这一命题如何成为可能:《现实一种》里,余华通过有意识的努力,抽去了一个家庭故事里本来强烈要求发出的道德说教与解释,激活了一种为填补"意义"的缺席而进行的寓言的阅读,它涉及的是对中国文化与民族性以及对家庭个体都很重要的问题,是作为个我在当代中国文化中的困境以及表现在文本现实中的问题的现代多相寓言出现的①。

除此,大部分评论者还是以余华前期整体的作品为关照对象进行研究。王海燕《余华论》以"形式迷恋:'精神真实'的追寻者""感觉、幻觉:'仿梦小说'的制片人""黑夜茫茫:生命苦旅的独行客"三个论点为支撑,分析了余华从《十八岁出门远行》到《在细雨中呼喊》的作品②。另有论者讨论了余华创作上的叙述艺术:其一为"预述",

---

① 魏安娜:《一种中国的现实:阅读余华》,吕芳译,《文学评论》1996年第6期。
② 王海燕:《余华论》,《江淮论坛》1996年第4期。

即"先于'原本'应该发生的时刻的叙述"[①];其二为"叙事循环",即"小说的叙事序列呈现为一种周而复始的封闭结构"[②]。

一九九七年

三十八岁。

是年发表的小说也只有《黄昏里的男孩》(短篇,《作家》第一期)。另有散文和随笔若干:《我所不认识的王蒙》(散文,《时代文学》第六期)、《作家与现实》(随笔,《作家》第七期)、《奢侈的厕所》(散文,《长城》第一期)。

应时任《读书》杂志主编汪晖之约,开始为《读书》杂志写作随笔。这批体现余华高超文学感悟力的随笔散见于《读书》《作家》等杂志,且广受好评。

意大利 Donzelli 出版公司出版了意大利文版《活着》,同时意大利 Einaudi 出版公司也出版了意大利文版小说集《折磨》。韩国青林出版社出版了韩文版《活着》。

---

① 陈基文:《预述,余华小说叙事的一种策略》,《哈尔滨师专学报》1996年第1期。

② 何鲤:《论余华的叙事循环》,《湖北大学学报》(哲学社会科学版)1996年第5期。

韩国《东亚日报》如此评议《活着》:"这是非常生动的人生记录,不仅是中国人民的经验,也是我们活下去的自画像。"①

随笔《作家与现实》可谓是余华继《虚伪的作品》之后的又一篇创作谈。文中,余华坦言:"长期以来,我的作品都是源出于和现实的那一层紧张关系……我曾经希望自己成为一位童话作家,要不就是一位实实在在的作品的拥有者,如果我成为这两者中的任何一个,我想我内心的不安和焦虑将会轻微很多,可是我知道,与此同时我的力量也会削弱很多。事实上,我只能成为今天这样的作家,我始终为内心的需要写作……正因为如此,我的愤怒和我的不安,还有我的宁静和我的热爱,都成为叙述上的冷漠……作家的使命不是发泄,不是控诉和揭露,作家向人们展示的应该是高尚……是对一切事物理解之后的超然,无论是美好的还是丑恶的,作家都应该一视同仁,作家应该满怀同情和怜悯之心。"可以说,余华以这样一种理念阐释了他前后期的所有创作心境,亦算是对"转型"论的一种简而深的回应。从鲜血暴力到温情苦难,余华以他的作品让我们看到了一个优秀的当代作家所持守的

---

① 原载韩国《东亚日报》1997年7月3日。

艺术追求和精神求索。

是年,关于余华作品的研读,视点各异。有提及其创作转向的:认为其"现实性成分逐渐增强",审美趋向由虚幻走向现实,由尖锐重新回到人的心灵之中①;风格上,也出现了"从激情到平常心""从死亡到活着""从审丑到禅境"三方面的变化,并认为这体现了余华作品"主体的张扬与隐退","通过这一变化,余华正摆脱一种摹仿,开始写出属于自己的作品来"②。也有探讨余华作品的叙事艺术的:其中,张闳在探讨上文提及的余弦《重复的诗学——评〈许三观卖血记〉》中"重复"观点的基础上,再次论及《许三观卖血记》中的"重复"叙事问题。张闳认为,《许三观卖血记》中确实存在叙事上的"重复"艺术,但是并不是余弦所提出的"主题重复",而是情节分布和叙述语句上的重复,"在这种'重复叙事'中,包含着深刻的'重复性经验',它与主人公的生活状况也是吻合的"。针对余弦关于余华"繁复的叙事技巧""单调的感知方式"的缺陷一说,张闳并不赞同,恰恰相反,他觉得余华的叙事技

---

① 陈灵强:《直面与拯救——试论余华近作中的创作转向》,《浙江师大学报》(社会科学版)1997年第4期。
② 周兴武:《主体的张扬与隐退——论余华小说风格的变化》,《杭州大学学报》1997年第S1期。

巧是简单的,但这种简单的技巧中所包含的经验内容却是反复的:"余华在《许三观卖血记》中,以一种极其简单的手段,将'重复'这种叙事方式的可能性推到了极限,并最大限度地发挥了它的表现力。另一方面,'重复'打破了小说叙事的常规,改造了叙事惯常的节奏和逻辑,为叙事艺术提供了新的可能性,至少,是对古老的叙事艺术的复活。这无疑是一次富于冒险精神和创造性的艺术尝试。"同时,张闳还提出了《许三观卖血记》中的另一个叙事难题——"对白"。在一系列举例论证的基础上,论者指出:"《许三观卖血记》的基本叙事方式从频率方面看,是'重复',从语式方面看,是'对白'……叙事基本上是依靠'对白'来推动的。这一特点,是该作品区别于《活着》以及余华的其他作品的根本标志之一。"[1]而张洪德则进一步从余华的这种"重复叙事"中解读出一种"音乐表现"的张力,认为其不仅体现为句式和情节的重复,还有片段的重复[2]。张柠则直接将余华《许三观卖血记》的叙事论题定标到整个视觉层面,探讨了其叙事中的声音问题,认

---

[1] 张闳:《〈许三观卖血记〉的叙事问题》,《当代作家评论》1997年第2期。

[2] 张洪德:《余华:重复叙述的音乐表现》,《当代文坛》1997年第2期。

为《许三观卖血记》的声音是借助"重复"的手法,在"老人原型与顽童原型之间转化",而且,其中"所表现的重复,都是指叙事声音的重复"①。综上,余华作品中的"重复"叙事艺术是被很多研究者所认可的,而在重复的方式上,观点不一,出现了各家争鸣的局面。当然,从某种意义上说,这也说明了余华作品的耐读性,无论是显在的论证还是潜在的解读,都是对余华作品价值的意证。

除此,另有两篇文章值得关注。其一为摩罗《论余华的〈一九八六年〉》,文章指出:"《一九八六年》的诞生可以说是中国文学的重大事件,尤其是'文革'题材和知识分子题材。"②其二为耿传明《试论余华小说中的后人道主义倾向及其对鲁迅启蒙话语的解构》,论者开篇即指出:"余华无疑是先锋小说中最具文化冲击力和颠覆性的作家。他的作品不仅偏离了以确立人的主体性为目标的新时期文学主潮,而且对五四新文学启蒙主义传统构成了解构和颠覆。有不少论者将其与鲁迅进行比较,也就是说他是为数不多的能与鲁迅所确立的五四启蒙主义传统进行对话甚至抗辩的作家。他的写作倾向已构成了对鲁

---

① 张柠:《长篇小说叙事中的声音问题——兼谈〈评三观卖血记〉的叙事风格》,《当代作家评论》1997年第2期。

② 摩罗:《论余华的〈一九八六年〉》,《文艺理论研究》1997年第5期。

迅所代表的以'立人'为目的的启蒙主义话语的反拨和消解,这是鲁迅所开创的人的启蒙话语在本世纪初确立之后所遇到的第一次正面的质疑和追问。"①两篇文章,一篇是具体作品的个性解读,一篇是全部作品的整体统观,无论是百家争鸣还是一家论言,都是当代文学庞复语境中的一面镜子,我们能从其中窥探到余华作品的意义价值。

一九九八年

三十九岁。

是年没有小说发表。余华开始进入一个以写作散文和随笔为"主业"的时期。是年发表的主要散文、随笔有:《博尔赫斯的现实》(《读书》第五期)、《契诃夫的等待》(《读书》第七期)、《眼睛和声音》(《读书》第十一期)、《内心之死——关于心理描写之二》(《读书》第十二期)、《我能否相信自己》(《作家》第八期)。

一月,余华与莫言、苏童、王朔四人,应邀参加意大利

---

① 耿传明:《试论余华小说中的后人道主义倾向及其对鲁迅启蒙话语的解构》,《中国现代文学研究丛刊》1997年第3期。

都灵举办的"远东地区文学论坛",并顺访巴黎等地。

美国新闻出版总署特邀余华加入"访问计划",允许其自由访问美国。

六月十三日,《活着》获意大利文学最高奖——格林扎纳·卡佛文学奖。以十八世纪意大利政治家格林扎纳·卡佛命名的文学奖是由意大利文学基金会于一九八二年设立,此前的十七年间历届得主皆为世界知名作家,并有数人在此后获诺贝尔文学奖,如秘鲁作家略萨、波兰作家束沃什、德国作家君特·格拉斯、英国作家安德鲁·米勒以及土耳其作家帕慕克等。该奖因此在坊间被认为是诺贝尔奖的晴雨表。该奖每年先由十位著名作家评出国际、国内入选作品各三部,再由十七所中学的二百三十名小评委秘密投票选出国际、国内各一名特等奖。结果余华以一百五十六票的悬殊优势撇下英国作家麦克威廉姆和阿尔巴尼亚作家卡塔雷尔,从容折桂。这期间,意大利的许多主流媒体用整版的篇幅报道余华和他的获奖作品《活着》。《共和国报》这样评价:"这本书讲述的是关于死亡的故事,而要我们学会的是如何不去死。"[①]

[①] 红娟:《余华从容折桂"格林扎纳·卡佛"》,《中华读书报》1998年7月1日。

是年,《活着》《许三观卖血记》《在细雨中呼喊》由南海出版公司重新出版。德国 Klett-Cotta 出版公司出版德文版《活着》。彼时,余华已在法国出版了五本著作,在意大利出版了七本著作,此外,在美国、德国、西班牙、荷兰、韩国、日本都有他的译著出版。法国著名的《目光》杂志评论余华时说:"我们在一位中国作家身上找到了独一无二的不可缺少的和卓越的想象力。"法国另一家著名的杂志《读书》也称道余华的小说在"面对苦难时所表现出来的人的尊严、孤独和同情心……他的小说精妙绝伦,是外表朴实简洁与内涵意蕴深远的完美结合"①。

这一年开始,余华在小说创作上进入"磨砺"时期,鲜有小说作品问世,但学界对于其作品的研读却并未随之进入低谷。王德威《伤痕即景,暴力奇观》分析了余华从《十八岁出门远行》至《许三观卖血记》的数篇重要作品,指出"他对暴力的辩证执迷如故,杀气却逐渐褪去"。王德威重读出了很多余华作品的新意,认为《在细雨中呼喊》表面上"写出了父与子之间的暴力与媾和的连环套",实则是借其"提供'一则'近便的'情节',为种种成年精神

---

① 参见张英:《真正的先锋一往无前——余华访谈录》,《文化月刊》1998 年第 10 期。

症候,权作童年往事的解释";而《活着》寄寓了余华"天地不仁、福祸无常"的哲学寓言;《许三观卖血记》一方面打破了传统革命文学中"血与泪是无价的"之主题,写出了鲜血的有价性,另一方面"延伸了血与宗法及亲属关系间的象征意义,使整部小说浸淫在血亲、血统的认证网络里",许三观用卖血救命这一迂回的血祭方式达成了与一乐的父与子关系的和解,前所未见地颠覆了余华以往小说的父与子的对抗关系。综此,王德威认为:余华从一代中国人疗之不愈的创痕里"看到一场'华丽的'大出血、大虚耗",所以"余华过去的作品夸张对身体的自残及伤害,并由此渲染生命荒凉虚无的本质,以及任何人为建构意义的努力——从记忆到历史书写——的无偿",而《许三观卖血记》虽依稀承续了这一姿态,却以"无用也无谓的牺牲"方式为"身体"找到了一些用处,似乎表明了余华对暴力与伤痕的书写已逐渐挪向制度内的合法化,因而质疑余华到底"是变成熟了,还是保守了?"并寄言:"从这层意义上,他未来创作的动向,尤其值得注意。"[①]当然,从余华后来"十年磨一剑"的《兄弟》来看,余华的表现似乎没让王德威失望。

---

① 王德威:《伤痕即景,暴力奇观》,《读书》1998 年第 5 期。

无独有偶,张闳也看到了余华作品中所存在的"血"的意象:如果说鲁迅的《药》指征了"血"作为"祭品"的文化历史内涵,余华则深化和丰富了"血"在文学作品中的意象,分别以"物品"和"商品"的隐喻意义在其多篇作品中出现①。

摩罗对《一九八六年》情有独钟,评价甚高,认为其"本来应该享有被关注、被理解、被反复阐释的机遇。但到目前为止,它虽然比许多其他小说更受尊重却远未获得它所应该享有的地位和影响"。摩罗从哲学心理学的角度对这篇文章进行了深度分析论证,认为《一九八六年》"一定程度地凝聚着千百年来、尤其是本世纪以来、尤其是'文革'以来我们民族所蒙受的苦难、凌辱与创伤,同时一定程度地启示了我们这个时代,尤其是我们这一代知识分子所面临的精神困境",文中的历史教师的自戕行为,其实是"以这个民族历史上未曾有过的残酷而又辉煌的表象表达了他对这个民族的失望与反抗,完成了他对这个民族的忠告和对自身的道德超越"②。

---

① 张闳:《血的精神分析——从〈药〉到〈许三观卖血记〉》,《上海文学》1998年第12期。

② 摩罗:《破碎的自我:从暴力体验到体验暴力——〈非人的宿命——论《一九八六年》之一〉》,《小说评论》1998年第3期。

一九九九年

四十岁。

是年发表的主要随笔、访谈文章有:《"我只要写作,就是回家"》(访谈,《当代作家评论》第一期)、《文学和文学史》(《读书》第一期)、《温暖和百感交集的旅程》(《读书》第七期)、《卡夫卡和K》(《读书》第十二期)、《音乐影响了我的写作》(《音乐爱好者》第一期)。

应邀为《收获》杂志写作音乐随笔。这些音乐随笔后来以《高潮》为名结集出版。

五月,访美;六月,访韩。

新世界出版社出版了其小说集《黄昏里的男孩》《战栗》《世事如烟》《现实一种》《我胆小如鼠》《鲜血梅花》,人民日报出版社出版了其随笔集《我能否相信自己》。法国Actes Sud出版公司出版了法文版小说集《古典爱情》。意大利Einaudi出版公司出版了意大利文版《许三观卖血记》,同时意大利Donzelli出版公司出版了意大利文版《在细雨中呼喊》。德国Klett-Cotta出版了公司出版了德文版《许三观卖血记》。韩国青林出版社出版了韩文版《许三观卖血记》。

汪晖在为余华随笔集《我能否相信自己》作的序中说:"在余华的批评词汇中,'写作'、'现实'(以及'真实')与'虚无'(以及'内心')构成了理解文学及其与生活的关系的最为重要的概念。"他因此沿着这些词汇探讨了余华的写作世界和批评世界,分析了其写作和批评的特征以及来源。汪晖感慨于"在当代中国作家中,我还很少见到有作家像余华这样以一个职业小说家的态度精心研究小说的技巧、激情和它们创造的现实"。并在最后指出:"虚无和回到内心不是对世界的逃避,而是进入世界。余华的批评的世界中不仅包含了现实的混乱和丰富,而且也包含了现实的紧张和对立,包含了'俄国态度'与'法国态度'的并置和斗争。"①的确,余华不止一次地在访谈和写作中论及他的创作观,他似乎比任何一个作家都关注"写作"本身,尤其重视写作的过程和写作的意义,这大概也是他的作品语言简洁而又辨识度极高、内容深刻而又似乎总能寓万变于不变之中的原因了。

作家残雪以人物分析的方法细读了余华的《河边的错误》后,感慨不已:"这样的小说决不是一般的侦探小

---

① 汪晖:《无边的写作——〈我能否相信自己——余华随笔选〉序》,《当代作家评论》1999年第3期。

说。它不是要解开某一个谜,它只是要将侦破的过程呈现于我们面前,将我们的目光引向那不可解而又永远在解的终极之谜。作家深通这其中的奥秘,因而才会有这样不动声色的严谨的描述,冷峻到近乎冷酷的抒情,以及那种纯美的诗的意境。"①

在此期间,关于余华作品的解读,视点更加多元化。首先,"转型"论依然炙热,呈现两方面的分歧。一批论者认为至《许三观卖血记》止,余华已然褪去先锋的内质,"前期先锋作品通过对人的质疑,对历史的拷问,对常识的反动及对文本的颠覆,实现了对理性世界的反抗;而在他的《活着》与《许三观卖血记》中,坍塌的父法重新确立,萎缩的自我昂扬振作,故事中积累了深厚的情感与意义。他的后期作品确立了绝对信仰与终极价值,回归真情,回归到理性世界中,在先锋文学向当代化转型的大潮中独领风骚"②。而另一批论者则认为,余华只是"抛弃了令读者大众颇感陌生的叙事技巧","由技巧的展演变为了对历史的文化揭示,由疏远了受众转向亲近民众,由关注

---

① 残雪:《灵魂疑案侦查——读余华的小说〈河边的错误〉》,《书屋》1999年第2期。
② 陈琳:《反叛与回归——余华小说解读》,《江西师范大学学报》(哲学社会科学版)1999年第2期。

人的外在过程潜入对生命的内在命运的把握。因此,'先锋'并没有丧失"①。亦即余华只是褪去了先锋的外衣,其内在并没有改变。

其次,学界对余华作品主题的挖掘更加多元和深入。有通过分析余华写作之途的变迁(前期的暴力、死亡逐渐减少,渐趋平和)来探读余华的精神之路的,由于"余华的创作具有创伤的特征,写作彰显了其不断探索自我的过程"②,因此认为余华作品的变化其实就指证了作家本人在精神和心灵之路的跋涉过程。也有分析余华小说写作中的生存意识取向的,余华"以他自己精神世界中的'现实'为出发点从多个角度,多个层面介入现实生活,又以自己超精神的'现实'为终点向现实回归,从而使作品呈现一个多重的幻想空间"③。另有论者独辟新意,从余华的小说中解读出了自然主义的倾向,而区别于通常对余华所做的现代主义定位,依据是"其作品对人性恶与本能

---

① 刘保昌、杨正西:《先锋的转向与转向的先锋——论余华小说兼及先锋小说的文化选择》,《华中理工大学学报》(社会科学版)1999年第4期。
② 陈少华:《写作之途的变迁——作家余华精神现象试读》,《华南师范大学学报》(社会科学版)1999年第4期。
③ 郑成志:《论余华小说写作中生存意识取向及其流变》,《龙岩师专学报》(社会科学版)1999年第1期。

世界的极端还原写实以及主体性的极度空缺两大主导特征"①。论者认为,余华作品所反映出来的人性恶与暴力、本能与欲望、遗传和历史正是与自然主义关系密切的四种常见母题,进而以文本细读的方式分析论证出了余华小说的自然主义色彩。且不论其论点是否严谨和偏颇,论者跳出惯常另读余华的努力,或许能为余华作品研究提供一个新的端口。

此时,余华的写作生涯已持续了十几年的时间。余华在这个众声喧哗的二十世纪末对自己的写作进行了如此慨言:"十多年之后,我发现自己的写作已经建立了现实经历之外的一条人生道路,它和我现实的人生之路同时出发,并肩而行,有时交叉到了一起,有时又天各一方,因此,我现在越来越相信这样的话——写作有益于身心健康,因为我感到自己的人生正在完整起来。写作使我拥有了两个人生,现实的虚构的,它们的关系就像是健康和疾病,当一个强大起来时,另一个必然会衰落下去。于是,当我现实的人生越来越贫乏之时,我虚构的人生已经

---

① 沈梦瀛:《余华的"冷酷":抉发人类本性——论余华小说的自然主义倾向》,《武汉交通科技大学学报》(社会科学版)1999年第2期。

异常丰富了。"①

二〇〇〇年

四十一岁。

是年发表的散文或随笔有:《回忆十七年前》(《北京文学》第九期)、《山鲁佐德的故事》(《作家》第一期)、《网络和文学》(《作家》第五期)、《文学和民族》(《作家》第八期)。

四月,韩文版《许三观卖血记》被韩国《中央日报》评为"百部必读书"之一。

五月,余华参加意大利都灵书展,并应德国出版社之邀在奥地利和德国进行巡回朗读会。

六月,首届长江读书奖评奖揭晓,作为《读书》主编的汪晖和作为评委的钱理群均有作品获奖,引起学界议论。余华撰文为《读书》杂志的评奖辩护。

十月,余华应韩国民族文学作家会议邀请,访问韩国。

---

① 余华:《黄昏里的男孩(自序)》,北京:新世界出版社,1999年版,第3—4页。

是年,华艺出版社出版了余华随笔集《内心之死》和《高潮》。香港明报出版公司出版了小说集《当代中国文库精读——余华卷》。韩国青林出版社出版了韩文版小说集《我没有自己的名字》和《世事如烟》。法国 Actes Sud 出版公司出版了小说集《古典爱情》。

是年关于余华作品的解读,无论是数量还是质量上都有更大的提升,余华研究也开始成为硕士和博士毕业论文研究的热点。前期小说作品的单独解读和继续深挖是一个重要向度,主要集中于对《活着》和《许三观卖血记》两个文本的勘探上。关于《活着》的两篇批评文本,视域各不相同。一篇是从"作家话语批评"角度入论,分析了关于《活着》的几篇重要研究述评,尤其是对前文提及的余弦先生于一九九六年发表的《重复的诗学》一文提出了商榷,认为余弦先生对《活着》的评价"只有艺术评量的砝码,而没有社会意义与精神价值的砝码。同时,由于这些意见大都是操作'行家话语',来作抽象的论述,他的结论就很容易使人模糊地感到:余华的'重复的诗学'运用于小说《活着》,是失误的或至少是不甚成功的",进而误导普通读者的阅读和《活着》跨国界的传播。论者认为,《活着》中的"福贵"并不是一个"个人",他只是中国众多平民的一个"总体象征符号",因此,"《活着》非但不是'重复的诗学',它所用来展现平民命运与历史苦难的生活场景,几乎无一不是选用寻常生活中偶然的、独特的、近乎荒诞的和出人意外的情节……所有这些,都说明余华对世界的感知方式与艺术表现才能,是多向度的感知与独特化的表现。与其说他是通过小说中重复出现的一连串死亡来启示真理,不如说他是超越于这一连串无价值的死亡之外,去探求'活着'的真理"①。另一篇关于《活着》的研读是从比较视域出发,将文本的《活着》与张艺谋电影版的《活着》进行对照探讨。论者借用了格雷马斯的"符号矩阵"理论,分析了从余华小说《活着》到张艺谋电影《活着》的叙事语法的转换,进而考察从小说到电影的审美嬗变:题旨上,从"忍韧"到"苟且"的暗变;基调上,从"沉郁"到"微亮"的转变;风格上,从"荒诞"到"反讽"的转移;视角上,从"冷峻"到"移情"的移心。进而认为:"《活着》既是余华向'先锋写作'的告别,也是张艺谋对'民族寓言'模式的摆脱。"②文学与影视虽是两种不同范式的艺术形式,但是以诉诸视听化的电影来观照《活着》文本

---

① 袁珍琴:《重新解读〈活着〉——兼谈小说批评的价值砝码》,《西南民族学院学报》(哲学社会科学版)2000年第11期。
② 刘月笛:《〈活着〉两种——从余华小说到张艺谋电影的审美嬗变》,《锦州师范学院学报》2000年第3期。

的内涵,在对照解析中来勘探文学作品的意蕴和价值,也不失为为余华作品的研读开辟了一个新的向度。关于《许三观卖血记》的研究,角度亦各不相同。赵思运从小说体裁入手,指出余华的《许三观卖血记》打破了传统长篇小说"史诗"化的复杂文本形态,以纯然短篇写法来写长篇,实则是"以最单纯的方式获得了丰富的历史感,在微观中显示了宏观的精神视野和高度的艺术概括才能"①。吴义勤则在分析了《许三观卖血记》的主题转变和艺术转型后指出,余华的这部作品无论是对于余华个人还是二十世纪九十年代中国文学转型期的先锋作家群来说都具有重要的意义,因为它"回击了文学界对于先锋作家所谓现实失语和玩弄形式的指责,确证了自己的能力和价值"②。

关于川端康成之于余华的影响,包括余华本人在内,都早有论及,但鲜有人具体论述。俞利军《忧郁与朦胧之美——余华与川端康成比较研究》一文,从两人的成长轨迹梳理至作品题材和主题风格,细致阐述了余华何以迷

---

① 赵思运:《以短篇手法写长篇的成功尝试——读余华〈许三观卖血记〉》,《小说评论》2000年第4期。
② 吴义勤:《告别"虚伪的形式"——〈许三观卖血记〉之于余华的意义》,《文艺争鸣》2000年第1期。

恋后又摆脱川端康成对于自己的影响痕迹,为学界关于余华的比较研究提供了借鉴[①]。

除此,对于余华作品的研读,依然聚焦于"转型"与否和"转型"深浅上。该年《当代作家评论》第四期又为余华研究专门开辟了一版"评论小辑",论者分别触及了余华作品中的"历史""底层"以及"暴力"等主题,虽是旧题新做,却于细微处又见新意。

二〇〇一年

四十二岁。

是年发表的主要散文、随笔有:《没有边界的写作——读胡安·鲁尔福》(《小说界》第一期)、《灵魂饭》(《上海文学》第五期)、《不衰的秘密文学》(《大家》第十二期)。

人民文学出版社出版了《中国当代作家选集丛书——余华卷》,文化艺术出版社出版了《当代中国小说名家珍藏版——余华卷》。

---

① 俞利军:《忧郁与朦胧之美——余华与川端康成比较研究》,《外交学院学报》2000年第4期。

自一九九八年起,余华将主要精力投注于访游及散文和随笔上,鲜有小说问世。这一时期国外访游和创作及阅读随笔的写作经历,对余华的创作观带来了一定影响,如作家之于时代的体认、作品之于时代的命运等。余华曾在接受访谈时坦承,他的作品越来越注重阅读的乐趣以及快感,"这其实是一个时代与文学的关系":"我对(二十世纪)八十年代的情绪把握比较准确,九十年代是一个令人迷惑的年代,变化太快……可能要再过几年我才能够想明白,但是它在我的回忆中会十分重要。"谈及以后的作品计划,他说:"肯定还会有残酷的东西表现,但我在表达方式上会有所变化,我会用一种抒情和柔和的方式来表达。有时候残酷以温和的手法表达出来可能会更加残酷。"[①]此期的余华已经出版了三本随笔集,分别是《我能否相信自己》《内心之死》和《高潮》,随笔的写作经历让余华对小说的创作有了新的体悟:"随笔跟写小说的方法不一样,写小说有时比较困难,会断断续续,随笔比较容易一点,断掉以后马上又能接着写,情感的波动没有写小说那么大,小说不仅是故事要接上,还有情绪要接

---

① 余华、张英:《不衰的秘密文学》,《大家》2001年第2期。

上,而随笔没有这样的问题。"①可见,此期的余华有意将自己沉放于一个调整期,重新梳理着自己的生活体验和阅读体验。

是年的余华研究,除了对前期单篇或整体作品的主题挖掘研究②以及关于转型的论争,另有不少论者将目光投注于余华与国内外其他作家的比较探读上。余华曾对福克纳推崇备至,并乐于将自己归为福克纳一类的作家,认为"有一类作家是什么都能写,像福克纳,他小说里的技巧是最全面的"③,"他是为数不多的教会别人写作的作家"④。基于此,有论者将余华与福克纳进行了比较研究,"福克纳和余华都是极端关注内心冲突的现代派作家,他们大胆的文学实验不但使自己找到了一条温和的出路,而且极大地丰富了现代文学的叙事艺术。两位作家创作的相似性主要表现在家乡题材的发掘、苦难和暴力主题的突出、现代技巧的运用,以及人文精神的底蕴。余华作品的

---

① 余华、张英:《不衰的秘密文学》,《大家》2001年第2期。

② 夏中义、富华的《苦难中的温情与温情地受难——论余华小说的母题演化》(《南方文坛》2001年第4期)一文对余华小说的母题演化和主题变迁进行了详细而精彩的论述。

③ 余华、潘凯雄:《新年第一天的文学对话:关于〈许三观卖血记〉及其他》,《作家》1996年第1期。

④ 余华:《永存的威廉·福克纳》,《作家谈译文》,上海:上海译文出版社,1997年版,第104页。

多面性虽然与福克纳作品的琳琅满目不可同日而语,但余华的激情和幽默却比福克纳有过之而无不及"[1]。

另一位被纳入比较视域的,是作家海明威。海明威被誉为二十世纪最著名的小说家之一,美国"迷惘的一代"作家中的代表人物,其作品以表达对人生、社会和世界的深刻体验而著称。论者从二者的生活经历与思想成因、作品中对痛苦及死亡的描写两方面入笔,就海明威与余华的共同创作主题进行了横向的比较研读。虽然两位作家生活的时代不同,受东西方文化差异影响所带来的审美趣味不同,在作品素材选择、人物塑造及艺术表现手法上也有着较大差异,但是从生活经历和哲学思想上来把握海明威与余华作品中的死亡意识,还是有其探究意义的[2]。无独有偶,同样是以"死亡"命题为生发点,另有论者注意到了余华与中国女作家毕淑敏的风格异同:一位是视觉化的赤裸裸死亡与暴力渲染;一位是以深厚情感关注普通人的动人故事[3]。

---

[1] 俞利军:《在喧哗与骚动中活着——福克纳与余华比较研究》,《美国研究》2001年第4期。

[2] 详见张润:《死亡与痛苦的大胆展现——海明威与余华创作主题之比较》,《宁波大学学报》(人文科学版)2001年第3期。

[3] 参见姜波:《生命真谛的求索与超越——毕淑敏、余华小说死亡命题比较》,《齐齐哈尔大学学报》(哲学社会科学版)2001年第1期。

另有论者将《活着》与李佩甫《羊的门》作了比较阅读:"余华的残忍在于他没有囿于传统文化的局限,即以一种花好月圆的结尾来迎合读者,而是拂去文学的假象,硬要我们看清生活本身的残忍;而李佩甫的冷峻之处在于他以君临天下姿态揭出生活现实的残酷与竞争。他们二者最大的不同在于对各自作品主题的把握,从而表露出两种不同的生存方式和同样的坚忍不拔,只不过一个是深刻的揭露,一个是客观的表述。"[①]

余华以其独特的直面内心的写作在当代文坛上熠熠闪亮,作为一位风格独异的男性作家,其小说中的主要人物基本都是以男性为视角中心,而研究者也似乎长期习惯性地忽略了其笔下女性形象的生存状态。林华瑜《暗夜里的蹈冰者——余华小说的女性形象解读》第一次将余华作品纳入女性文学研究视域,认为余华的小说世界里还存在着一个被遮蔽的女性群体,"她们"并非是余华笔下的真正缺席者。文章从三个不同的角度对这个被遮蔽的群体予以解读,指出她们分别作为暴力的牺牲品、苦难的承担者和人性恶质的一种显现在余华作品中的一种

---

① 杨玉东:《生命与存在——从〈活着〉和〈羊的门〉看生命的意义和生存的本质》,《南京理工大学学报》(社会科学版)2001年第4期。

特殊意义,并进而分析了其中所显露的余华的"犹疑不决"的女性观①。以性别视域为矢,打开余华作品研究之的,或许能在众多"主题""转型"论的探讨中,为余华研究引进一个更深刻和更丰富的维度。

二〇〇二年

四十三岁。

是年发表的主要随笔、散文、论文、访谈文章有:《我的文学道路——在苏州大学"小说家讲坛"上的讲演》(《当代作家评论》第四期)、《一个人的记忆决定了他的写作方向》(《当代作家评论》第四期)、《这只是千万个卖血故事中的一个》(《当代作家评论》第五期)、《自述》(《小说评论》第四期)、《叙述的力量——余华访谈录》(《小说评论》第四期)、《小说的世界》(《天涯》第一期)、《文学与记忆》(《文学报》二〇〇二年三月十四日)。

九月,赴德国参加柏林文学节活动。十一月,赴上海参加巴金九十九周岁和《收获》杂志四十五周年庆祝活动。

---

① 林华瑜:《暗夜里的蹈冰者——余华小说的女性形象解读》,《中国文学研究》2001 年第 4 期。

青海人民出版社出版中短篇小说集《现实一种》(二卷)。南海出版公司出版随笔集《灵魂饭》。春风文艺出版社出版演讲集《说话》。云南人民出版社出版自选集《我没有自己的名字》。台湾远流出版公司出版随笔集《我能否相信自己》和《灵魂饭》。日本角川书店出版日文版《活着》。

是年五月二十七日,英文版小说集《往事与刑罚》获得澳大利亚詹姆斯·乔伊斯基金会设立的"悬念句子奖"。余华是首获此奖的中国作家。他赴澳大利亚领奖,并顺访爱尔兰。澳大利亚乔伊斯基金会主席克拉拉·梅森女士在写给中国作家协会的信中称赞余华"赢得了澳大利亚读者的心","乔伊斯基金会为能将'悬念句子奖'授予余华这样的作家而感到骄傲"。

长篇《在细雨中呼喊》和合集《古典爱情》由法国Actes Sud出版公司在法国出版。

该年,余华研究论文数量上达百篇之多,其中硕士研究生毕业论文有七篇。统观这一年的余华研究论著,视点依旧集中于对主题世界的爬梳与继续开挖、对叙事艺术的探讨。其中,《在细雨中呼喊》《活着》和《许三观卖血记》依然是研读的热点。关于余华创作的"转型"似乎已成定论,余华早期的"先锋"外衣也在喧哗与争鸣中被脱卸洗刷,"民间"话语和立场成为新的风格证言被屡屡论及,而"转型"的原因和意义却众说纷纭而又莫衷一是。

随着余华大量文学批评随笔的出现,作家担当批评家的角色加入文学批评的力量悄然滋生,有部分论者敏锐地注意到这一现象,对余华的文学批评创作风格进行了研究。其中,耿海英《余华的文学批评》跳出作品研究的大军,将笔触投注于余华"作为一个作家的批评文字"之中,认为"余华的文学批评具有其独特的个性:以艺术感觉的穿透力解读文本与作家,以'叙述'的独特视角追踪写作过程,以没有理论框架与术语的话语展示文学的魅力。是一种与写作过程共鸣式的文学批评"①。的确,余华的批评涉及了福克纳、海明威、博尔赫斯、三岛由纪夫、川端康成、布尔加科夫、卡夫卡、舒尔茨、契诃夫、贝克特、莫言等众多作家,以一个作家的身份去论述批评其他作家的作品,从某种立场上来说,或许能比专业批评家更显独到。

关于主题解读,"生存""死亡""暴力""苦难""荒诞""救赎""虚构""历史"以及"现实"等题旨已达累牍连篇之势,于是有论者拔高视野,从更宏阔的话语意境中勘测研探,以"随文宛转,与心沉潜"的文本细读全面追溯余华小说创作的精神历程,认为"余华的小说世界是当代先锋文

---

① 耿海英:《余华的文学批评》,《美与时代》2002年第1期。

学的一个审美多面体,充满双项对立统一的内在张力",文章"沿着作家超越想象的心灵探险的审美创造路径去观照文本,在形式发现、心灵探险及文化回归等多个层面展现余华小说创作精神苦旅的历险过程。从早期先锋创作凭藉形式发现让想象力重获自由,以强劲的想象重构心灵真实的童年体验,创造出一幅充满暴力和死亡的'世界之夜'心灵图景,到转型期形式探索与心灵探险的双重掘进,余华在超越想象的心灵探险中向人的现实生存境遇掘进,实现从想象时空体到生命时空体的转变,并在回归本土文化的存在探询中寻找民间生命智慧的'存在之光',从而创作出《活着》和《许三观卖血记》这两部诗与思交融的优秀文本。这种深深扎根于个体的生命体验和生存感悟的诗与思,使余华的小说创作达到对人的生命和存在高度关怀的新境界"[1]。另有论者细致梳理了余华小说的人文内涵,认为"与传统文学真善美的主旨相比,余华小说通过对'真'的反思与重新审视,走了一条与传统迥然不同的文学道路:由真(现实世界的本真)而恶(人性的险恶)而丑(黑暗世界的不可救赎)。文学之人学意

---

[1] 蔡志诚:《超越想象的心灵探索——余华小说创作的精神苦旅》,福建师范大学硕士学位论文,2002年8月。

义的假定在余华这里遭遇拆解。从余华小说中,可以看到作者对人类中心主义立场的放弃,并开始表现和揭示世界自身的规律。这实际上意味着一种深刻的立场转换,即从人道主义的立场向后人道主义的立场转换"[1]。

关于余华作品叙事艺术的探讨,有论者将焦点定格在了其小说中所表现出来的修辞策略及意义上:论者将余华的创作前后期描述为"仿梦"和"拟真"两个阶段,从比喻修辞、变形视角、不可信的叙述者、伪时间四个方面阐述余华的仿梦修辞,认为其作品制造了一个包容着常规叙事排斥的超验世界,但又明确指向心理、历史、文化的真实;接着从戏拟、重复、虚化背景、典型漂移四个方面论证他对现实主义的线性结构、典型环境典型人物塑造方法的戏拟和解构,认为余华二十世纪九十年代的创作并非向现实主义回归,而是对它更深刻的悖离;最后指出无论是仿梦叙事和修辞还是拟真叙事和修辞,都是余华的修辞策略,其目的都是对叙事话语成规以及意识形态成规的消解[2]。

---

[1] 王建锋:《无望的救赎——余华小说的人文阐释》,陕西师范大学硕士学位论文,2002年11月。

[2] 李丹:《余华小说的修辞策略及意义》,河北师范大学硕士学位论文,2002年4月。

除此,姚岚《余华对外国文学的创造性吸收》以比较文学的影响研究为理论基础,结合跨学科的研究方法,以《在细雨中呼喊》的发表为界,将余华的创作分为前后两阶段进行阐释,认为其前期作品与法国新小说派以及卡夫卡小说之间有着深厚的内在联系,后期创作与海德格尔哲学思想有着一定程度上的契合与呼应。同时,文章也指出:"余华立足于中华民族文化土壤之上,运用传统的写实手法和民间叙事的技巧,发扬中国文学传统的内敛含蓄的审美风格,表达出了中华民族对生命、人性、世界和历史的独特感受。"①

二〇〇三年

四十四岁。

是年发表的散文、随笔有:《〈说话〉自序》(《当代作家评论》第一期)、《可乐和酒》(《散文百家》第四期)、《朋友》(《小说界》第二期)、《什么是爱情》、《歪曲生活的小说》(《作家》第二期)。

---

① 姚岚:《余华对外国文学的创造性吸收》,《中国比较文学》2002年第3期。

八月,赴美参加爱荷华大学国际写作计划,并应邀在普林斯顿大学、耶鲁大学、哈佛大学、杜克大学、斯坦福大学、康奈尔大学、莱斯大学、爱默里大学、乔治城大学、宾夕法尼亚大学、芝加哥大学、纽约大学、哥伦比亚大学、加州大学柏克莱分校、洛杉矶分校、戴维思分校等三十所美国著名学府进行巡回演讲。

是年,《活着》和《许三观卖血记》由美国著名的兰登书屋推出英文版。台湾远流出版公司出版随笔集《没有一条道路是重复的》。台湾麦田出版公司出版小说集《黄昏里的男孩》《世事如烟》和《战栗》。法国 Actes Sud 出版公司出版法文版《在细雨中呼喊》。韩国青林出版社出版韩文版《在细雨中呼喊》。意大利 Einaudi 出版公司出版小说集《世事如烟》。荷兰 De Geus 出版公司出版长篇小说《许三观卖血记》。挪威 Tiden Norsk Forlag 出版公司出版小说集《往事与刑罚》。

余华首部传记《先锋余华》由浙江文艺出版社出版,自由撰稿人徐林正著作。书中阐述了余华的创作历程以及部分代表作品,并分析了余华在二十一世纪可能的发展趋势。

彼时,余华已成为当代文学中一个不容忽视的作家,越来越多的批评家和读者加入余华作品的阅读阵营中来,关于余华作品的学术研究数量上依然呈猛增之势,批评之批评、比较研读、题旨或特征新论,是该年余华作品研究的主要情势和新的价值所在。

关于批评之批评,王达敏在《超越原意阐释与意蕴不确定性——〈活着〉批评之批评》一文中指出:"同一时代不同的解读者与不同时代的解读者总是力图根据自己的视界对作品作出新的解释,从这个意义上说,一部好小说的意义意蕴永远是流动的、不确定的,每隔些年头,总有些独具慧眼的评论者从中读出新意来,以此丰富潜在意义的内存。"并认为《活着》就是一本这样"势必会引起多种阐释与批评"的小说:"《活着》从一九九二年发表以来,先有作者的原意阐释,进而出现的批评大体上形成相异的两途:沿着作者原意阐释的思路作'阐释之阐释';超越原意阐释的否定性批评。"论者进而列举了余华对于《活着》所做过的各种阐释,指出"余华是一位不回避对自己的小说作本意阐释的作家,在作品解读方面,他有着异乎寻常的领悟天赋与理性言说的才能";同时以张梦阳《论阿Q与中国当代文学的典型问题》以及夏中义、富华的长篇专论《苦难中的温情与温情地受难——论余华小说的母题演化》两篇文章中对《活着》的否定性批评为例,阐释了自己悖反性的意见:"把《活着》放到二十世纪文学中进行观照,还真不敢狂言它不行。《活着》是一部朴实纯净的小说,像土地一样朴实,像山溪一样纯净,具有一切好小说都有的流畅性。它写的是乡土农民,表现的则是一种高尚的人道同情。"①何敏《先锋镜像——余华研究》一文,也站在批评之批评的角度,从三个方面梳理了关于余华研究中存在的三重镜像:作家与自身,作家与群体(社会/流派),作家与文本。指出,余华最初作为先锋一元活跃于文坛时,关于其批评,其一,被放置在先锋文化研究这一大命题下,多次与其他先锋作品相提并论,并反复比较,余华表现的小说创造性杂合在整个先锋派群体性行为中。其二,不论是赞同者还是反对者,在分析余华时,都会涉及他的暴力主题,余下的就是对这一主题"道德性"的评价问题。而到了二十世纪九十年代,关于其批评集中于余华"从先锋精英写作到民间立场写作的过程。他不仅迎合了'民间化'的新潮流,而且表现了对某种'道德感''使命感'的回归"。近期来,伴随着余华本人的批评随笔的大量出现,批评者大多以之作为了解和研究余华的资料而甚少提出质疑。进而认为余华研究存在的空

---

① 王达敏:《超越原意阐释与意蕴不确定性——〈活着〉批评之批评》,《人文杂志》2003年第3期。

白点为:其一,余华的暴力主题的主观制定和它的客观效果间的关系;其二,忽视了余华小说转型后的内在一致性,只强调了相异性;其三,少有人意识到余华发言和他的小说间的实际联系,余华所作的批评随笔目的不是单纯地进行一种艺术的探讨而是试图引导某些对他写作的阅读和评价,以使他的文本通过自己的言说产生更多"增值",并认为余华的批评正在变得日益频繁并相对模式化。应该说,无论是王达敏还是何敏,在对一个文本批评事件或批评现象进行阐释的时候,都有其客观独到之处,但也有偏僻之处。所谓文学批评与争鸣,不管是否定还是肯定,都是以阐证的方式来抵达作品的意义,当然,这也正昭显了余华作品的可读性和深邃性。正如何敏最后所言:"八十一九十年代的社会向文学发出了太多的诱惑,也提出了太多的要求,当最终文学世俗化似乎成为了大众需要时,要问的是这种缺乏创新性的,程式化的写作还能真正被期待多久呢? 所以我宁可相信,作为一个有天赋的作家,余华是在做不同的尝试来回应自己的写作欲望,欲望针对的是内心需要要胜于许多外在的东西。"①

---

① 何敏:《先锋镜像——余华研究》,福建师范大学硕士学位论文,2003年6月。

余华曾谈及多位中外作家对他文学道路的指向性引导,于是,势必有许多论者将视界盯定于余华与其他作家的比较研读上。除前文所提及的川端康成、福克纳、海明威等人,卡夫卡与鲁迅在这一年被更多纳入视域。卡夫卡的《乡村医生》《在流放地》分别被与余华的《第一次出门远行》《一九八六年》进行比较,以小见大,从中见出卡夫卡之于余华而言的意义所在。余华曾谈及鲁迅语言的力量,认为那是一颗能直接击中人心灵的子弹,实际上,余华也被认为是当代作家中最具有鲁迅批判精神和表达力度的作家,于是,关于余华与鲁迅的比较被或传承或影响或对照等论点予以指证,这也是余华研究区别于其他当代作家研究的一大异点。除此,与余华几乎同时代的王小波和莫言也成为比较的对象。李野认为:"在当代中国文坛,王小波与余华的写作具有典型的意义。他们的写作代表了在新的历史语境中,作家重新安置主体精神的两个不同的向度。王小波承续了人文知识分子批判现实的传统,同时也摈弃了其后来为人所诟病的乌托邦情结,因此他的创作整体上显示出一种'黑色幽默'的美学品格;而余华则走上了另一条在叙述话语背后的颠覆之路,正如罗兰·巴特所言,是用先锋派美学上、道德上的暴力代替政治的暴力,因此他的写作呈现出与法国'新小说派'极为接近的'零度写作'式的面貌。"①张学昕、陈宝文则将余华和莫言分别写于二十世纪九十年代后期的两部短篇《黄昏里的男孩》和《拇指铐》进行比读,指出其"书写当代人性、揭示当代人生存本相方面"的相似性,并看到了二者"与鲁迅小说创作在文学精神、对历史、文化、人性现实挖掘、呈现过程中精神气质的同构性"②。

除此之外,另有论者论及余华的现代性特征,认为"余华作品中的现代性主要体现在两个方面:一是在传统批判基点上的'现代启蒙',二是在现代批判基点上的'现代主义'"③;还有论者从文本"空间"角度论述了余华的叙述艺术,认为余华笔下的事件叙述充满了游戏精神和颠覆行为,其笔下存在的三种叙事空间都分别具有颠覆意义:单个事件的微观空间指向了对常理的颠覆,循环圈空间指向了对文类的颠覆,并置链的空间指向了对文体的颠覆,而这些不自觉的颠覆行为,敞开了"那些被遮蔽了的真实的世界","这种颠覆中的游戏精神,最终还体现

---

① 李野:《精神超越的可能——从主体性的角度对王小波与余华写作意义的比较分析》,《文艺评论》2003年第3期。

② 张学昕、陈宝文:《反抗绝望:无法直面的存在本相——读余华〈黄昏里的男孩〉和莫言〈拇指铐〉》,《作家》2003年第11期。

③ 荣丽春:《生命的焦灼与抗争——余华作品现代性的探析》,延边大学硕士学位论文,2003年6月。

了作家本人对生活的高度的严肃性,它是一种对人生悲剧性存在的反抗"[1]。还有论者对余华的作品进行了佛性考察,认为余华对现实的表现和对终极的关怀,有着浓厚的佛教意蕴,"余华小说中的人物总有一种悲壮的色彩,他的终极指向还是在一个古老的命题上,即我们为什么活着……在他的故事背后隐蔽着一个更为理性的诘问——生命的意义"[2],而因此增强了作品的历史感和民族感。

狄尔泰曾说:"从理论上来说,我们在这里已遇到了一切阐释的极限,而阐释永远只能把自己的任务完成到一定程度,因此一切理解永远只是相对的,永远不可能完美无缺。"[3]从作品研究的角度来说,狄尔泰的话阐明了作品探读的多义性和不可穷尽性,关于余华的作品研究亦如是:每年都有大批余华研究的新作刊发,不乏旧题新做甚至旧题重做的状况,但不管是题旨论证的殊途同归还是探读角度的千差万别,都说明了余华作品价值的可

---

[1] 张福萍:《回旋于游戏之上的颠覆文本——论余华小说的空间叙事》,华南师范大学硕士学位论文,2003年6月。

[2] 周景雷:《像佛陀一样活着——论余华小说的佛教意识》,《艺术广角》2003年第4期。

[3] 狄尔泰:《阐释学的形成》,引自马新国主编:《西方文论史》,北京:高等教育出版社,1994年版,第586页。

勘甄探和内容的多元饱满。

二〇〇四年

四十五岁。

是年发表的主要随笔、散文有:《阅读、音乐与小说创作》(《作家》第十一期)、《文学中的现实》(《上海文学》第五期)、《远行的心灵》(《花城》第五期)。

二月,应邀在美国加州大学柏克莱分校开设关于鲁迅的文学讲座。

三月,在密歇根大学讲演结束后,前往巴黎参加第二十四届法国书展。期间法国文化部长让-雅克-阿雅贡授予余华法兰西文学和艺术骑士勋章。

五月,赴上海参加同济大学作家周系列活动,并做题为《小说家与我们这个时代》的主题演讲。

是年,上海文艺出版社出版《余华作品系列》(十二卷)。意大利 Einaudi 出版社出版了意大利文版小说集《世事如烟》。荷兰 De Geus 出版社出版了荷兰文版长篇小说《许三观卖血记》。韩国绿林出版社出版了韩文版长篇小说《在细雨中呼喊》。德国 btb 出版社出版了德文口袋本长篇小说《许三观卖血记》。台湾麦田出版公司出版了长篇小说《呼喊与细雨》。

统观这一时期关于余华研究的论文及著作,可以发现,学界对余华作品创作的研究从早期零散的、印象式的随笔感悟逐渐走向了整体化和系统化的理论研究,同时,研究思维以及探读视野由封闭渐趋开放和多元,研究格局也从单一化走向了动态化与立体化。随着余华研究的逐渐深入,该年又有一些论者独辟蹊径,重新从余华的小说中发掘出新意,在众声喧哗的评论中散发出沉淀的韵味。

二十世纪九十年代,余华相继推出了三部标志性长篇小说,《在细雨中呼喊》《活着》和《许三观卖血记》,犹如一连串的猛石,激起文坛巨浪,至今这三部作品仍以多国语言不断再版,也是评论家历年必入论的经典文献。洪治纲细致地重读了这三部重要作品,将其置于一个连贯的思维系统中,更加深刻细密地梳理出了余华创作中的主题和精神的迁徙,以及其中所指征的意义:"这三部长篇小说中,余华不仅成功地完成了自我艺术上的再一次转变——回到朴素,回到现实,回到苦难的命运之中,而且也实现了自我精神上的又一次迁徙——从先前的哲学化命运思考向情感化生命体恤的转变,从冷静的理性立场向感性的人道立场的转变。因此,在这部长篇中,以往的暴力快感不见了,代之而起的却是'受难'的主题;以往的冷漠尖利的语调消退了,代之而来的是充满温情的话语。"①旷新年以同样的文本重读方法,分析了余华的《现实一种》《活着》和《许三观卖血记》,指出其在风格和主题上的变迁后,明言"余华冷漠的叙事风格受到法国新小说和鲁迅、卡夫卡、海明威等作家的影响,而生动、丰富、准确、富于想象力的细节描写和语言的简洁、精致、流畅成为他重要的艺术才能。对细节的重视既是余华的一种重要才能,同时也成为他创作的一种局限"②。

余华二十世纪九十年代之前的很多小说沉迷于对人物进行符号化的虚化处理,导致很多批评者有意忽视对其人物形象的关注挖掘。部分论者抓住这一研究空隙,重点对其塑造的众多人物形象进行分析。齐宏伟《启蒙·人道·信仰——从鲁迅到余华再到辛格小说中的"三愚"》一文,对比解读鲁迅的《阿Q正传》、余华的《我没有自己的名字》和美国犹太作家辛格的《傻瓜吉姆佩尔》中的三个愚者形象,揭示出三位作家寓于创作中的不

---

① 洪治纲:《悲悯的力量——论余华的三部长篇小说及其精神走向》,《当代作家评论》2004年第6期。

② 旷新年:《论余华的小说》,《杭州师范学院学报》(社会科学版)2004年第4期。

同价值理念:鲁迅寄寓的是启蒙意识,余华秉持的是人道关怀,而辛格的立场是人生信仰①。

"儿童"是余华作品经常出现的原型意象。有论者以此为突破点,指出"儿童视角"成为余华小说的一个重要叙事策略,借助于这一心理原型,余华得以对成人世界、乡村记忆和人类生存境遇作出原生态的还原和真实的敞开,并认为其在叙事形态上形成了成人视角制导下的"儿童世界—成人世界""儿童话语—成人话语",进而形成了儿童视角的"复调诗学";而从价值形态上看,这一儿童视角不仅体现了余华对成人世界的理性审视、对儿童本体创伤性心理的关怀,也内含着作家的深层审美建构②。

从余华小说"转型"论的风起云涌到蔚然成观,评论者笔下关于余华作品的主题关键词也不断跳跃。但是有论者认为,余华在创作转型中也有一以贯之的东西,对死亡的关注与言说就是表征之一;并考察了"死亡"在余华创作中不曾被摒弃的原因,以及所体现出的美学特征及哲学思考。"余华小说的死亡叙述所一直在孜孜追求的,

---

① 齐宏伟:《启蒙·人道·信仰——从鲁迅到余华再到辛格小说中的"三愚"》,《社会科学论坛》2004年第8期。

② 沈杏培、姜瑜:《童心的透视——论余华小说的儿童视角叙事策略》,《南京师范大学文学院学报》2004年第3期。

正是把死亡规定为人的内在本质,要对人的生存境遇和生命存在展开思索。"① 死亡叙述作为一种叙述策略在世界文学中具有普遍性,而在中国现当代文学中却经历了一个由规避到接受再到直面和习惯的过程,因而余华对于死亡的持续叙写,是必要也是有意义的。

二〇〇五年

四十六岁。

是年发表的主要随笔有:《西·伦茨的〈德语课〉》(《上海文学》第三期)、《奥克斯福的威廉·福克纳》(《上海文学》第三期)、《致保罗先生》(《作家》第四期)、《一个作家的力量》(《小说界》第六期)、《文学作品中有跳动的心脏》(《编辑学刊》第五期)。此外,另有一篇访谈文章也很重要:《余华:〈兄弟〉这十年》(《作家》第十一期)。

五月,应上海文艺出版总社的特别邀请,作客天津大学"北洋文化节"。

七月底,首届海峡两岸图书交易会在厦门国际会议

---

① 李明彦:《生命末日的言说——余华小说"死亡叙事"研究》,东北师范大学硕士学位论文,2004 年 5 月。

展览中心举行,余华与会,并出席了长篇新作《兄弟》(上)(上海文艺出版社出版)首发式。在长篇小说《许三观卖血记》出版后十年,在度过一个漫长沉闷的时期之后,作为小说家的余华终于再次交出了自己的新长篇。

八月底,《兄弟》在上海书展上获得订货和现场签售的双料冠军。九月,余华获由北京国际图书博览会颁发的首届"中华图书特殊贡献奖"。《兄弟》(上)出版两个月即达到三十五万册的销售量。十二月,长篇新作《兄弟》入围第二届"《当代》长篇小说二〇〇五年度最佳奖"前五名,获得"入围奖"。

九月二十日,余华在新浪网开通个人博客。两个月内,其博客点击率超过十三万,其中演讲稿《一个作家的力量》在一周内点击率超过一万。

是年,台湾麦田出版公司出版了长篇小说《兄弟》(上)。越南文学出版社出版了越南文小说集《古典爱情》。

另,小说《活着》被改编为电视剧《福贵》,编剧为王乃迅。

同年,洪治纲《余华评传》问世,郑州大学出版社出版,乃专门研究余华及其创作的传记性作品,为读者进一步理解余华的内心世界及其作品世界提供了详细的资料。

随着《兄弟》(上)这一被视为"十年磨一剑"的作品问世,余华又再次被推上文学的风口浪尖,新作《兄弟》理所当然成为学界评判余华创作的热点。与以往作品的相较是批评家首先切入的话题:"和以往的作品相近的是,余华仍很醉心于将历史的流变浓缩于不露声色的人物和故事当中";"《许三观卖血记》已经走到了一个极致,《兄弟》选择的是另辟蹊径,不同于《许三观卖血记》的举重若轻、腾挪自如,用余华的话来说是'正面强攻',是对技巧的适度舍弃后转向更为脚踏实地的厚重的写作";"《兄弟》叙述一如往常般简洁、厚重,还有余华那招牌式的黑色幽默"①。《兄弟》中显见的家庭之爱与兄弟之情,至真至纯,也让读者忆及了前作《现实一种》里的伦理泯灭和手足残杀的无情暴力,以及《活着》与《许三观卖血记》里的温情苦难。"《兄弟》的特别即在于余华似乎融合了自己二十余年的小说创作,融合的结果则是荒诞与严肃并存,悲剧与喜剧交集,血腥与温情同在,造成了'泪中有笑,笑中有泪'的阅读效果。"②"《兄弟》显然是作为先锋派的余

---

① 周力军:《〈兄弟〉——沉淀的厚重历史》,《中华新闻报》2005年8月24日。

② 李相银、陈树萍:《变调:叙事的强度与难度——评余华的新作〈兄弟〉》,《文艺理论与批评》2005年第5期。

华又一次有意探索的结果。我们虽然不能说他这种探索是对他以往用最单纯的手法写出最丰厚的作品的写作追求的一种背叛,但至少说明今天的余华对自己以往小说的价值开始有一种新的认识。""《兄弟》给我们展示的是在真实历史中的寓言式图景。"①

另,五十一万字的《兄弟》以上下两部不同时间先后出版,等待余华新作已久的读者在看完上部后,对下部的内容亦充满好奇。"《兄弟》上下部相合才是一个完整的作品。我对《兄弟》的下部抱着很大的期望,而且确信这种期望不会落空。在当代作家中,余华和史铁生、韩少功等屈指可数的几个人一样,是不会写出失败之作的作家……我所关心的只是:如果说余华此前的小说几乎全部由他的乡镇记忆所哺育,而这种记忆又几乎全部限于二十世纪五十—八十年代,那么,当他书写我们今天所处的时代时,会是怎样一幅景象?"②另有部分论者则对《兄弟》提出异议,认为其较之前作言语粗陋、想象夸张,且上下部分开出版似有炒作之嫌。可以说,《兄弟》甫一出世,关于其评价毁誉皆有。但是,应该正视的是,余华是一个

---

① 田遥:《恐惧与耻辱:人性力量的寓言——余华长篇小说〈兄弟〉(上部)解读》,《小说评论》2005年第6期。
② 《〈兄弟〉时代的余华》,《天水日报》2005年12月1日。

注重追求创新的作家,正如他自己所言,一个一成不变的作家只会注定奔向坟墓,如果读者仍然试图以阅读其旧作的经验感受来对待《兄弟》,以期获得相似的阅读体验,必然会有失所望,这也是对余华创作历程和成就的无视。

《兄弟》的喧哗热评依然掩盖不了学界对于余华其他旧作的持续关注热潮。《活着》的研究已然充分,有论者重整视域,以文学的雅俗性为契口,试图为这部小说安放位置,当然,观点不一[①]。关于《许三观卖血记》,是年的新论是从批评之批评角度展开的。王达敏引述了当代学界关于这部小说的集中代表性的争议,在批评之批评中提出了自己的看法,认为其"最大的病症是庸俗低劣而又消极的世俗性描写,压低了人物面对苦难和呈现人性的思想境界";而"最大的贡献是起于苦难叙事,用'卖血'来丈量苦难的长度、强度,以此考量许三观承受苦难、抗争苦难的力度,终于伦理人道主义。此中,善成为主体,成为中心力量"[②]。《鲜血梅花》被纳入与美国作家威廉·加斯的《在中部地区的深处》的比较视阈中,以"元小说"

[①] 参见金红:《〈活着〉:雅俗文学嬗变寻踪》,《学术交流》2008年第4期;刘兰芳:《〈活着〉:雅小说,俗小说?》,《社会科学家》2005年10月(增刊)。

[②] 王达敏:《民间中国的苦难叙事——〈许三观卖血记〉批评之批评》,《文艺理论研究》2005年第2期。

的视域予以解读①。同样是比较视域,《一九八六年》年被与莫言的《檀香刑》和王小波的《红拂夜奔》相较而读,因为三者都涉及暴力描写,以此解出暴力之外的价值与意义:"《一九八六年》是一个形而上的文本,处处充满隐喻和象征,刑罚只是打开这个诡秘世界的一把钥匙,只是以一种鲜血淋漓的意象通往所要表达的主旨。"②

除此,张清华的长文《论余华的历史叙事》从"历史"视点关照余华的过往作品,认为余华的创作秉承的是一种"存在主义的历史主义"观,"是当代中国最擅长'把历史抽象为哲学'的作家,早期的作品是通过压缩长度来加大深度,从而着重于探求'历史记忆'的特征和中国历史的基本构造。后期则在注重哲学蕴涵的同时更加切近当代中国的历史情境,并通过'减法'的运用仍使历史叙述获得了很强的形式感"③。

"身体写作"这个暧昧而响亮的名词在当今媒体上大

---

① 方凡、李淑敏:《语言的游戏现实的虚构——从余华的〈鲜血梅花〉和威廉·加斯的〈在中部地区的深处〉看中美当代元小说特点》,《文件资料》2005年第29期。

② 王爱松、蒋丽娟:《刑罚的意味——〈檀香刑〉〈红拂夜奔〉〈一九八六年〉及其他》,《中国海洋大学学报》(社会科学版)2005年第4期。

③ 张清华:《论余华的历史叙事》,《励耘学刊》(文学卷)2005年第2期。

肆飞扬,表面上似乎与有过"先锋"之称的余华距离遥远,有论者却以此独辟论点,选择莫言与余华的作品为个案,从身体文化学与身体社会学的角度分析了当代中国先锋文学中的身体叙事、其文化意味以及在中国当代文学史上所承担的转折意义:先锋小说以前身体叙事被过度政治化,余华等人的身体暴力叙事正是对政治化的身体描写的超越①。

二〇〇六年

四十七岁。

三月,上海文艺出版社出版了长篇新作《兄弟》(下)。余华在《兄弟》"后记"里写道:"这是两个时代相遇以后出生的小说,前一个是'文革'中的故事,那是一个精神狂热、本能压抑和命运惨烈的时代,相当于欧洲的中世纪;后一个是现在的故事,那是一个伦理颠覆、浮躁纵欲和众生万象的时代,更甚于今天的欧洲。一个西方人活四百年才能经历这样两个天壤之别的时代,一个中国人只需

---

① 参见陶东风、罗靖:《身体叙事:前先锋、先锋、后先锋》,《文艺研究》2005 年第 10 期。

四十年就经历了。"有关《兄弟》的争议也随之蜂起。"针对《兄弟》出现的巨大的、不可调和的批评差异,却不仅提供了对于余华的全然不同的评价结论,同时也在解构着我们曾有的文学共识;《兄弟》在某个路口让我们看到壮观的分道扬镳的文学旗帜。"①余华在此期间接受了一些媒体和批评家的访谈,比较重要的有:《回到现实,回到存在——关于长篇小说〈兄弟〉的对话》(《南方文坛》第三期)、《〈兄弟〉夜话》(《小说界》第三期)。

四月,余华做客新浪读书,谈《兄弟》(下)。余华坦言自己很喜欢《兄弟》(下)以及主人公李光头。同月,赴德国柏林,在柏林世界文化大厦举行作品朗读会。

六月,在同济大学参加首届德—汉、汉—德文学翻译大赛颁奖仪式暨余华、克拉克朗诵会。余华与瑞士德语青年作家克里斯蒂安·克拉克(Christian Kracht)在这次跨文化的交流会上现场朗读了各自代表作,并与获奖者和与会者探讨了翻译和创作以及有关作品《兄弟》的问题。

七月,参加第十七届香港书展,在与香港读者的交流会上,余华称《兄弟》是自己目前最喜欢的作品,因为在写

---

① 王侃:《〈兄弟〉内外》(上),《当代作家评论》2010年第5期。

作过程中发现了自己以前从未发现的才能。八月,余华应日本国际交流基金会邀请,携家人对日本进行了为期半月的访问。

法文版《一九八六年》由 Actes Sud 出版公司在法国出版。

十一月,参加在北京召开的中国文学艺术界联合会第八次全国代表大会、中国第七届作家代表大会,并当选为中国作协主席团成员。被新浪评为二〇〇六网络盛典年度文化人物候选人。同月底,出席复旦大学中文系和《文艺争鸣》杂志社共同主办的"《兄弟》座谈会"。复旦大学陈思和教授等对《兄弟》作了高度评价。陈思和称:"《兄弟》是当代的一部奇书,对余华来说,似乎也是意想不到的从天而降的创作奇迹。"陈思和同时还对《兄弟》中饱受诟病的"粗鄙修辞"做出了美学解释,并就此总结道:"我毫不掩饰地说《兄弟》是一部好作品……我觉得余华走到了理论的前面,他给我们描述了另一种传统……《兄弟》里的这个新的美学范畴,有可能使得中国文学在长期被政治、被意识形态、被知识分子话语异化的情况下,重新还原到中国民间传统之下。"[①]复旦大学学者栾梅健教

---

① 陈思和:《我对〈兄弟〉的解读》,《文艺争鸣》2007 年第 2 期。

授以拉伯雷的《巨人传》为例,认为余华的《兄弟》"触摸到了活生生的裂变中的现实……《兄弟》强烈的震撼力与穿透力,必将随着时间的推移而愈益受到人们的重视与肯定"。上海师范大学教授杨剑龙认为《兄弟》是一部"简单的丰富的作品",李光头令他想起了阿Q的狡黠以及他在生存竞争中的挣扎和奋斗,《兄弟》"在世俗化的表达方式下,依然有余华对人性的探究和拷问,是《活着》精神内涵的延续"。批评家谢有顺也提出,"在当代作家都已经不再善用感官、作品写得不再生动的时候,余华的作品却是真正意义上解放作家感官的写作。他用夸张的手法将这种感官冲击推到极致,塑造了生动的形象,告诉我们真实的生活是什么,这是有益的",同时,他也指出《兄弟》存在情节失真和语言粗糙两个问题。张业松则认为"《兄弟》是一部狂欢之作、强悍之作、愤怒之作,从而可能成为中国出现的一种奇迹而被人长期阅读,同时在文学史上也将占有一席之地"[①]。当晚,余华还在复旦大学做了题为《文学不是空中楼阁》的讲座。

是年还发表有两篇随笔:《大仲马的两部巨著》(《编辑学刊》第一期)和《执着阅读》(《大学时代》第四期)。

---

① 吴兴宇:《复旦教授力挺〈兄弟〉》,《文艺报》2006年12月26日。

此外，人民文学出版社出版了小说集《古典爱情》（九元丛书）。北京燕山文艺出版社出版了小说集《余华精选集》。台湾麦田出版公司出版了长篇小说《兄弟》（下）以及小说集《现实一种》《鲜血梅花》及《战栗》。法国 Actes Sud 出版公司出版了法文版中篇小说《一九八六年》和短篇小说集《我没有自己的名字》。瑞典 Ruin 出版社出版了瑞典文版长篇小说《活着》。越南人民公安出版社出版了越南文版长篇小说《兄弟》及《许三观卖血记》。

由吴义勤主编，王金胜、胡健玲编撰的《余华研究资料》由山东文艺出版社出版。

是年关于余华的研究论文达二百余篇，其中研究生学位论文二十余篇，余华被视为中国当代被研究得最充分的作家之一。另，《兄弟》上下部的分别出版，再度把人们的视线拉回"转""变"之说。"对于余华的创作探索，它既可能昭示着作家企图超越旧我的尝试性前行，也可能意味着前进受阻不得已一定程度上又踅回了过去，而无论哪种可能都涉及到一个关键词——创作转型"；"主题追求上最能够显示余华变化的，应该是他在《兄弟》中企图表达一种'历史判断'的努力"；"过去的余华更擅长的是想象和感觉，因此喜欢把故事的背景推至遥远，而今的他不再排斥理性，要对亲身参与过的'两个时代'进行'正面强攻',企图在历史遽变的感悟中获取某种'历史判断'。不管这种'历史判断'在作品中到底贯彻得如何,仅以'意图'而论,余华的确让我们感觉到他在'变化'"①;"与前期暴力叙事不同的是,《兄弟》中的书写摆脱了神秘诡异的氛围,挣脱了抽象象征的纠缠,暴力与时代、与社会、与具体生活情境的关系变得明晰了"②;《兄弟》是一次裂变中的裂变,它既巩固和坚定了余华自身的某些艺术信念,又折射和暗示了余华试图进行自我超越的某些意图,也显示了余华在长篇写作上的勃勃雄心与强劲的叙事潜能"③。至此,上年已开始的相关论争也更趋激烈。该年涉及《兄弟》的评文有数十篇之多,评论家们依据各自不同的阅读经验、文学想象和期待视野作出判断,意见呈现出分歧极大的两面性,毁誉参半,正如王德威所言:"支持者看到余华拆穿一切社会门面的野心;批评者则谓之辞气浮露,笔无藏锋。"④这也是余华截至彼时争议最大的一部作品。同心出版社出版了杜士玮主编的

---

① 王鸿卿:《〈兄弟〉:余华的新面目》,《艺术广角》2006年第2期。
② 姜桂华:《丰富鲜活与意义拆解——对〈兄弟〉"文革"叙事的一种分析》,《艺术广角》2006年第2期。
③ 洪治纲:《在裂变中裂变:论余华的长篇小说〈兄弟〉》,《当代作家评论》2006年第4期。
④ 王德威:《从十八岁到第七天》,《读书》2013年第10期。

《给余华拔牙:盘点余华的"兄弟"店》论文集,收发了对《兄弟》持批判意见的十几篇文章,然而,该著"除极少数是经过严肃、认真的阅读后而写出的有分量的文章之外,极大多数都是点评式、随感式的即兴之论,而且还有很多是直接从网上拉下来的非公开发表的个人意见"①,引发了学界一批学者的驳争。

面对褒奖或质疑,余华只坦诚回应说,他想通过《兄弟》这部作品展现对当今时代的"正面强攻",展示四十年来中国社会翻天覆地的巨大变化。他曾在接受采访时谈及:"为什么我们这些作家都爱写以前的时代呢,因为时代越远越容易找到传奇性,可以在小说里天马行空地对历史进行虚构和想象。而当今时代,现实世界的变化已经令人目不暇接了;而且还出现了网络虚拟的世界。所以,写现实生活的作家有很多,可是在他们的作品里看不到真实的生活,你总是觉得虚假,不可信。当《兄弟》写到下部的时候,我突然觉得自己可以把握当下的现实生活了,我可以对中国的现实发言了,这对我来说是一个质的飞跃。我发现今天的中国让每个人的命运充满了不确定

---

① 栾梅健:《"独下断语"与"曲到无遗"——对〈兄弟〉"复旦声音"批评的回应》,《文艺争鸣》2008年第6期。

性,现实和传奇神奇地合二为一,只要你写下了真实的现在,也就写下了持久的传奇。"①其实,很多作家都经历过被质疑的过程,莫言与贾平凹亦如此。正如余华自己所言:"我的写作从一开始就经历了批评,当我写下《十八岁出门远行》这些后来被称为先锋派的作品时,只有《收获》、《北京文学》和《钟山》愿意发表,其他文学刊物的编辑都认为我写下的不是小说,不是文学。后来它们终于被承认为是小说时,我写下了《活着》和《许三观卖血记》,习惯了我先锋小说叙述的人开始批评我向传统妥协,向世俗低头。现在《兄弟》出版了,批评的声音再次起来,让我感到自己仍然在前进。"②创作与批评从来都是相辅相成而又异路相行,一个优秀的作家不会因批评家的评判来左右自己的写作,只会在褒贬裹挟的艰难行进中不断自我超越。

纷扰的《兄弟》亦掩盖不了读者对余华前作的探读,庞大的论文数量启示的是余华研究的蔚为可观。张小芳《余华小说创作研究述评》③和彭爱华《近十年余华研究述评》对余华创作以来的近三十年的余华研究专论进行

---

① 参见《南方周末》2005 年 9 月 8 日。
② 洪治纲、余华:《回到现实,回到存在》,《南方文坛》2006 年第 3 期。
③ 发表于《江苏教育学院学报》(社会科学版)2006 年第 2 期。

了整理分析,涉及作家思想、作品主题、形式研究、形象分析以及比较研究等多方面,认为"近十年的创作停滞反而使得整体的余华得以完整显现,并为研究者的深入思考创造契机"①。这也是对近年余华研究的一个较全面的总结。

二〇〇七年

四十八岁。

是年发表的主要散文、随笔、论文有:《录像带电影》(散文,《西湖》第二期)、《日本印象》(散文,《西湖》第二期)、《文学不是空中楼阁》(《文艺争鸣》第二期)、《我们生活在巨大的差距里》(《读书》第九期)、《飞翔与变形》(《收获》第五期)、《阅读与写作》(《上海文学》第十二期)、《从大仲马说起》(《西部》第十一期)。另有两篇访谈文章也颇为重要:《三十岁后读鲁迅》(《青年作家》第一期)、《"混乱"与我们时代的美学》(《上海文学》第三期)。

四月,参加在复旦大学举行的第一届"中韩作家论坛"。五月,应邀参加上海中德心理治疗大会,发表题为

---

① 彭爱华:《近十年余华研究述评》,《宜宾学院学报》2006 年第 4 期。

《我们生活在巨大的差距里》的演讲。六月,出席由北京师范大文学院和美国俄克拉荷马大学《当代世界文学》杂志社联合举办的"当代中国文学与世界——《当代世界文学》'中国当代文学专刊'出版座谈会"。九月,访俄,参加了第二十届世界莫斯科国际书展;并在日内瓦出席见面会,"以一个朴实善良,也是他作品中人物的形象出现在了公众面前"①。十一月,作为特邀代表参加在北京召开的全国青年作家创作会议,并作发言。

七月,余华被杭州市授予"文艺突出贡献奖"。

十月,余华创作研究中心在浙江师范大学成立,余华被聘为该校特聘教授。此前一天,山东滨州市中级人民法院一审宣判,驳回作家王长征指控余华《兄弟》剽窃其作品《王满子》并要求赔偿的诉讼请求,余华胜诉。

是年,明天出版社出版随笔集《我能否相信自己》。美国兰登书屋出版了英文版长篇小说《在细雨中呼喊》。瑞典 Ruin 出版社出版了瑞典文版《许三卖血记》。以色列 Am Oved 出版社出版了希伯来文版《许三观卖血记》。韩国人文主义者出版社出版了韩文版《兄弟》。

---

① 缪瑞艾拉·雅普(Muriel Jarp):《余华,微笑面对人生》,瑞士洛桑报刊《24小时》(24 heures)2007年9月21日。

《兄弟》论争方兴未艾且有愈加燎原之势,争论依然呈现出两极状态。关于《兄弟》的否定性批评众说纷纭,基本都是评论者在自我阅读的感受上做出的感性层面的感受性判断,集中体现为:认为文本所叙述的事件不符合"真实"、小说取材媚俗化、开篇偷窥情节庸俗等;亦有部分文章较深入地讨论了小说在叙事、语言、美学形态与价值取向等方面的问题,甚至将《兄弟》作为一个切入口,批判了当代文坛存在的诸多问题。潘盛的《综述:关于〈兄弟〉的批评意见》一文①对此作了整理分析。

《兄弟》俨然成为一个"文学事件",引发争论狂潮。正如陈思和所言:"这场争论是自发而起的,没有来自外部的非学术压力,其见解的对立,主要是来自审美观念,而不是思想意识,尽管其背后仍然牵涉一系列对当下社会的价值评判,但更为主要的,则表现为文学审美领域的自我审视与自我清理。所以,围绕着这部小说而发生的是一场美学上的讨论。美学的讨论为了解决美学上的问题。"②

陈思和在重读巴赫金《拉伯雷的创作与中世纪和文

---

① 参见潘盛:《综述:关于〈兄弟〉的批评意见》,《文艺争鸣》2007年第2期。
② 陈思和:《我对〈兄弟〉的解读》,《文艺争鸣》2007年第2期。

艺复兴时期的民间文化》的基础上,详细解读了《兄弟》,指出"民间传统与怪诞现实主义"是其勘探的工具,认为这部小说的主要表达方式正是"民间叙事的粗鄙修辞"。对于批评派反复指责的偷窥情节,陈思和从"隐性结构"上对其细节意义予以重新认识和界定,指出"《兄弟》成为当代美学主流趣味的另类,我们无论是要把握这个人物还是这部小说,都有一个自我摆脱的过程,即从我们既有的文学标准和审美习惯中摆脱出来,从我们自以为是的文学传统中摆脱出来"。"余华从八十年代先锋文学的代表性作家到九十年代开拓民间价值立场,其创作的每一步发展都是对自己前一阶段创作的变相的继承,他继承了批判性的文学内在核心,却改变了审美的外在形态。他朝着民间文化形态一步步地深入地走下去。"①因此,《兄弟》被视为余华的一部"富于经典内涵的作品"②。另有张新颖、郜元宝、严锋等学者从作品本身出发,对《兄弟》大加肯定。

与褒贬两极的尖锐论争不同,另有部分论者将目光沉落于纸端,研究《兄弟》文本内部的特质。从作品主题

---

① 陈思和:《我对〈兄弟〉的解读》,《文艺争鸣》2007年第2期。
② 杨松芳:《〈兄弟〉:一部富于经典内涵的作品》,《当代作家评论》2007年第6期。

和创作叙事上来说,除了"暴力""苦难""历史""重复""现实","欲望""狂欢""身体""成长""民间""愤俗""反讽""荒诞"等词被作为新的标签与余华的创作并及而提。

关于"欲望"主题的挖掘,是批评者着墨较多的。"余华在这部小说中所着力展开的'文革'叙事,是与欲望叙事和苦难叙事同时展开的。或者说,'文革'叙事、欲望叙事、苦难叙事在小说中是并置关系,它们三者之间互相叠合、渗透与纠结,由此使《兄弟》(上部)成为具有多重叙事主题方向的复合性小说文本。"① "余华的《兄弟》叙写了在欲望张力的撕裂下存在的生命……文本具有了深刻的思想意义和独特的美学价值。"② "余华的这部小说也保持了他一贯的人文关怀和文化批判的叙事姿态,延续了二十世纪文学特有的'苦难'主题,彰显了欲望叙事的生命力,也能帮助人们更好地认识当今所处的这个消费主义时代的一些现象。"③ "《兄弟》(上)一方面继续使用人与世界尖锐对立的现代主义结构,以'文革'悲剧象征人

---

① 谭五昌:《余华〈兄弟〉(上部)的一种读解》,《励耘学刊》(文学卷)2007年第1期。
② 赵华:《欲望张力下生命的撕裂——评余华〈兄弟〉》,《枣庄学院学报》2007年2月。
③ 朱大喜:《消费社会的缩影——试析余华〈兄弟〉(下)的欲望叙事》,《沈阳大学学报》2007年第4期。

的存在悲剧;一方面对人的欲望进行了多重叙述,人的欲望本能作为一种人格动力,转化为多种图案,包含着对人的复杂而深刻的思索。"①

"狂欢"的文学含义来自苏联文艺理论家巴赫金,被标注于陀思妥耶夫斯基等诸多作家的创作中,而有论者认为,《兄弟》中"结构上的大型'对话'""诙谐的广场式情节""想象的自由驰骋",共同搭建了一个"狂欢"舞台,"从'文革'的暴力和狂热,到当代的欲望和道德沦落,当代中国近五十年来的风云变幻尽在其中"②。当"狂欢"被与"身体"相连接,余华的《兄弟》又被视为是"肉体狂欢化叙述","这种指向身体下部的叙事具有强大的修辞功能"③。另有论者则认为,《兄弟》上下两部是"以嘲讽夸张的方式揭示出了世界的荒诞"④。

从比较视角,张文玲读出了《兄弟》与《百年孤独》的某种影响性关联:"《百年孤独》对余华及其《兄弟》的影响

---

① 王学谦:《爱与死:在冷酷的世界中绘制欲望的图案——论余华的长篇小说〈兄弟〉(上)》,《吉林大学社会科学学报》2007年第1期。

② 漆芳芳:《追寻"狂欢"——〈兄弟〉的叙事风格分析》,《重庆职业技术学院学报》2007年第6期。

③ 汪汉利、孙立春:《指向身体下部的叙述——余华〈兄弟〉的肉体狂欢化叙事》,《重庆师范大学学报》(哲学社会科学版)2007年第3期。

④ 金在胜:《反讽与荒诞:析余华小说〈兄弟〉创作倾向》,《湖湘论坛》2007年第3期。

不仅体现在写作技巧的借鉴,更在于余华与马尔克斯在孤独意识上具有通感,他们都把孤独当做人性的本质,因此其作品弥漫着浓郁的悲凉孤独气息,表现出他们深刻的悲天悯人情怀。"①这种论断不无道理,余华的确公开承认过马尔克斯是他崇拜的作家,并谈及《百年孤独》对他的影响。而陈婧袯则将《兄弟》与欧洲电影喜剧大师贝尼尼的电影《美丽人生》相较,因为二者"用喜剧的手法来处理悲剧主题的惊人相似":"余华对于历史悲剧的书写是他在新世纪对中国当代文学的重要贡献。而当我们提出《美丽人生》作为比较时,这种人类经验的共通性就一下子扩大了,特别是面对同样惨烈的历史阶段,任何一个国家的个人的良知所能做出的回答,必然是带有普遍性的。在这里,《美丽人生》也可以作为一个参照,使我们视野开阔地看一看,余华对于民族灾难的理解的世界性因素所在。"因而呼吁:"如果读者有气魄让《兄弟》中的李光头一家的故事成为自己的故事,而不是任意而浅薄地嘲笑其庸俗不堪或滑稽可笑,那么,我们就能够意识到,中

---

① 张文玲:《孤独的兄弟——〈兄弟〉与〈百年孤独〉的对读》,《文艺争鸣》2007年第2期。

国作家余华具有的是与贝尼尼同样的勇气和力量。"[①]

余华的前作《在细雨中呼喊》对少年孙光林成长的描写细腻而独到,曾被论者认为是"当代成长小说的典型文本",而《兄弟》亦让研究者看到了这一主题的又一次闪现,虽然主人公成长的经历各不相同,但在这种差异中,"余华刻画了当代中国社会的变迁及当代中国年轻人的成长,完成了余华本人对写作题材的转换,也完成了对成长小说的探索"[②]。

跳出《兄弟》的纷扰喧哗,还有一部分论者仍保持对余华整体作品的关注。孙绍振重新解读《十八岁出门远行》,读出了其"语言所创造的一种荒谬而又真实的张力"[③]价值。同是"身体"指认,王德领结合余华的从医经历,从医学特点的"身体叙事"对余华前期的作品进行剖析,认为"靠这种诊断式的'注视',余华将社会人生读解为人物/患者模式和社会/医院模式,这是一种病理学的角度……表现在他在文本细部使用了大量带有医学特色的身体比喻、将历史身体化,以及对死亡的倾心与迷恋等

---

① 陈婧裴:《从电影〈美丽人生〉看小说〈兄弟〉》,《当代作家评论》,2007年第2期。

② 钱春芸:《成长小说与余华的〈兄弟〉》,《文艺争鸣》2007年第1期。

③ 孙绍振:《〈十八岁出门远行〉解读》,《语文建设》2007年第1期。

方面"①。医学视角,也不失为是解读余华某些作品的一把锋利的解剖刀。冯勤在回顾了余华此期所有作品的基础上,认为余华不仅没有脱离"先锋"本质,《兄弟》的出现,反而是对"先锋"的又一力证②。

二〇〇八年

四十九岁。

法国 Actes Sud 出版公司出版了法文版《兄弟》。英译版和日语版也分别在英国和日本推出。

该年发表的重要文章有:《我写下了中国人的生活——答美国批评家 William Marx 问》(《作家》第一期)、《流行音乐的力量》(《视野》第二期)、《轻盈的才华》(《作家》第七期)、《伊恩·麦克尤恩后遗症》(《作家》第十五期)、《中国早就变化了》(《作家》第十五期)。诗歌《有恒》《风后的心》《我的小鸟》《月城姑娘》(均载《凉山文学》第一期)。

---

① 王德领:《医生视角和身体叙事——重读余华 80 年代中后期的作品》,《首都师范大学学报》(社会科学版)2007 年第 5 期。
② 冯勤:《非议中的执守——从叙述立场几度转变看余华小说的先锋本质》,《当代文坛》2007 年第 3 期。

十月,《兄弟》在法国获首届"国际信使外国小说奖"(Prix Courrier International)。《国际信使》是在法国知识界影响颇巨的杂志;据悉,有一百三十余部二〇〇七年十月一日至二〇〇八年九月三十日在法国出版的外国小说参与角逐该奖项,几经筛选,最后由评审团评出一部获奖小说,就是《兄弟》。《国际信使》给予《兄弟》的获奖评语是:"从'文革'的血腥到资本主义的野蛮,余华的笔穿越了中国四十年的动荡。这是一部伟大的流浪小说。"

是春以来,法国媒体对《兄弟》好评如潮。一些重要的媒体用罕见的篇幅和力度向法语世界推荐这位中国作家和他的这部小说。法国著名文学杂志《文学评论》发表书评称:"这是一部大河小说,因为它编织了数十人的生活,从一九六〇年延伸至今。它也是一部休克小说,因为它描述了西方人不可想象的动荡突变……最后,它还是一部具有流浪文学色彩和滑稽文风的小说……《兄弟》让读者身临于刘镇,让读者能看见全景,就像史诗般,一幅且笑且哭、全方位的壮观景象,而它的复杂主题便是:当代中国。"[①]《费加罗报》称《兄弟》"尖刻而深远",因此,

---

① 弗雷德里克·科勒:《中国且哭且笑》,《文学评论》2008年第5期。

"需要一个天才方能在这两个叙述中保持平衡"①。而著名的《世界报》则称"这本小说催生了一个新的余华"。国内的研究者也认为:"《兄弟》的出版将余华从汉学界的小圈子一下推到了主流阅读群面前,在主流媒体掀起了一阵评论热潮,还获得了文学奖项,这无论对于余华个人而言还是对于中国当代文学而言都是不常见的现象。"②

十二月,英译版《兄弟》获作为英国布克文学奖的姊妹奖的曼氏亚洲文学奖提名,成为最终入围决选的四部作品之一。

《兄弟》所引起的文坛论争依然未停歇。在二〇〇六年复旦大学《兄弟》座谈会以及由此形成的"复旦声音"中,学者陈思和、栾梅健、郜元宝、张新颖、刘志荣、严锋等,都不约而同地表达了对《兄弟》的肯定。此后,张丽军、杨光祖分别发文对"复旦声音"进行批评,认为其存在着当代文学批评中的"不良症候"③。对此,栾梅健撰文

---

① 伊丽莎白·巴列利:《从前,在中国》,《费加罗报》2008年7月5日。

② 杭零、许均:《〈兄弟〉的不同诠释与接受——余华在法兰西文化语境中的译介》,《文艺争鸣》2010年第4期。

③ 参见杨光祖:《〈兄弟〉的恶俗与学院批评的症候》,《当代文坛》2008年第1期;张丽军:《"消费时代的儿子"——对余华〈兄弟〉"上海复旦声音"的批评》,《文艺争鸣》2008年第2期。

《"独下断语"与"曲到无遗"——对〈兄弟〉"复旦声音"批评的回应》①,针对二者的批评一一进行辩应,继而引发了关于《兄弟》的又一波论争狂潮,甚至《兄弟》的"流行"现象也成为一种论旨被细致解读分析②。

相较《兄弟》论争,关于余华作品的其他研究则显出跳出尘埃后的冷静凝重。王嘉良对余华自二十世纪八十年代起的创作转型进行了一次"历史美学"分析,对学界之于余华被普遍认可的"由注重现代主义探索的'先锋'叙事转向现实主义的回归,由注重形式探求转向了宏大叙事"的转型论提出质疑,指出"余华的确在作着适应于艺术新路的审美选择与调整",是走出了"窄门"而走向了"宽阔",即"走在当代艺术前沿,日显成熟",因此而认定:"余华是中国当代较有影响力的作家之一。他历时二十余年的写作,是中国当代文学史发展、演化的一条重要脉络。他的作品,以极具震撼的表现力,深刻地切入了中国的历史与现实,展示了时代与社会变迁中的悲欢离合,揭示了人与世界的内在而隐秘的关系以及人性的困境。他对于现实主义、现代主义等文学元素的稔熟,使他的作品

---

① 发表于《文艺争鸣》2008年第6期。
② 王强:《余华〈兄弟〉流行现象解读》,同济大学研究生学位论文,2007年12月。

内容丰饶并深具艺术张力。"①同时,"张力"也被纳入余华作品谱系的研究视域中。"张力"一词原为力学术语,指物体内部方向相反又相互作用的两股力量。作为诗学概念,张力源于新批评派对康德"二律背反"命题在文学批评中的一次创造性运用,是指存在一个二项式,然后对立、冲突的两极在撕扯、抵牾、拉伸中造成诗歌文本内部的某种紧张,并通过悖论式的逻辑达成某种出人意料的语义或意境。先锋时期的余华,以其对于形式实验的强调,使得他所代表的先锋派与文学史、文学传统、现实主义形成对峙,由此成为文学史张力的一维;《活着》以后,又用一种与现实主义成规相吻合的叙事外表,包容了非现实主义的主题,形成新的张力;其后的写作中又展开以"多与少、简与繁、轻与重、悲与喜,甚至智与愚"以及"自私与高尚,虚伪和真诚"等为张力元素的"叙述的辩证法";同时,在余华迄今为止的作品谱系中,前后期的风格反差也构成了余华自身的张力②。

除了小说创作,余华也写作了大量的散文,显昭了小说写作之外的另一种才能。有论者依此探解了余华散文

---

① 王嘉良:《从"窄门"走向"宽阔"——余华创作转型的"历史美学"分析》,《文艺争鸣》2008年第8期。

② 王侃:《论余华小说的张力叙事》,《文艺争鸣》2008年第8期。

的叙事艺术,认为"余华的散文也共享了小说叙述艺术的滋润",主要体现在"视角的选择、结构的布设、文体的创新、语言的表现力等方面,表现出了在实验小说中一样不可忽略的先锋性和现代意识",也奠定了余华散文的地位,使之成为一种"'能站立,能行走,有时稳定,有时高飞,有时给人启示'的现代艺术,它使语言获得前所未有的自由的同时,也让心灵获得了同样高度的飞翔。如果说散文要走向真正的革命,这应该是一条重要的道路。余华散文的意义正在于此"①。无疑,在所有余华作品的研究中,这一视域是有洞见力的。散文、随笔在透射作家心灵感悟的功能上并不亚于小说,它们应该被视为一个整体,形成一个环形的整体研究链,才能推动余华研究向纵深发展。

二〇〇九年

五十岁。

该年发表的重要论文、随笔和访谈文章有:《飞翔和变形——关于文学作品中的想象之一》(《文艺争鸣》第一

---

① 郭建玲:《论余华散文的叙述艺术》,《文艺争鸣》2008年第8期。

期)、《生与死,死而复生——关于文学作品中的想象之二》(《文艺争鸣》第一期)、《细节的合理性》(《文艺争鸣》第六期)、《两位学者的肖像——读马悦然的〈我的老师高本汉〉》(《作家》第十九期)、《"80后作家在对社会撒娇"》(《羊城晚报》十二月六日)、《被遗忘的革命》(《纽约时报》五月三十一日)。

是年一月,美国兰登书屋旗下的 Pantheon 出版公司出版了英文版《兄弟》。与此同时,印度作家潘卡·米什拉在二十三日的《纽约时报》发表余华专访文章《浮躁中国的沉稳作家》,是为《兄弟》译介到美国的热身文章,对余华及其作品有较为全面、客观的评价,颇有参考价值。德文版、意大利语版、西班牙语版《兄弟》也在是年陆续推出。

法文版合集《十八岁出门远行》由法国 Actes Sud 出版公司出版。

五月,余华受邀参加在法国里昂举办的全球小说研讨会。余华是唯一一位被邀请的中国作家。

九月,赴德国法兰克福参加图书展会。

《兄弟》在中国问世后不久,即进入了多个语种的翻译与出版程序中。特别是,自二〇〇八年始,陆续有法文、德文、日文、意大利文、英文、西班牙文的版本推出。

传统意义上的"西方世界"正在全面地译介、接受和消化这部"大河小说"。外媒对《兄弟》的评论可谓热烈。仅以英译为例：英译版《兄弟》于二〇〇九年由美国兰登书屋和英国麦克米伦公司先后隆重推出，立刻引起了英语世界的轰动。美国《纽约时报》《洛杉矶时报》《时代》周刊和《新闻周刊》，加拿大《国家邮报》以及英国《泰晤士报》等北美和英国主流媒体热评如潮。其中《纽约时报》周末杂志用六个版面介绍了《兄弟》和作者余华，称《兄弟》"可以说是中国成功出口的第一本文学作品"。美国全国公共广播电台（NPR）广受欢迎的"Fresh Air"广播了美国著名评论家莫琳·科里根的评论，将余华誉为"中国的狄更斯"，并称因为《兄弟》这样的"优秀作品"，二〇〇九年"不仅是牛年，更应该是余华年"。

在德国，北德广播电台于二〇〇九年三月十二日在"文化"节目中播发评论文章，称《兄弟》"是一本令人震惊、令人惘然的书，是一部了不起的小说"。二〇〇九年十月十四日的《纽伦堡新闻》称《兄弟》"是一部伟大的小说，毋庸置疑有着世界文学的突出水平"。二〇〇九年九月二十六日的《世界报》则以《中国的〈铁皮鼓〉》为题评论《兄弟》，将其与君特·格拉斯的《铁皮鼓》相提并论。二〇〇九年八月十五日的《新苏黎世报》发表长文如此评价《兄弟》:"《兄弟》显示了人类情感的全景——从庸俗、狂热、机会主义到爱和内心的伟大,几乎全部包容在内。作者的叙述融合了史诗、戏剧、诗歌,有对话,有描写,有情节。既有深深的悲哀和难以名状的残酷,令人捧笑的闹剧和怪诞离奇的幽默,也有直刺人心的嘲讽和让人解脱的欣喜,崇高细腻的爱和动人的同情。在这个小宇宙中,没有人是孤立的,也没有任何隐私可言,求爱和耻辱、痛苦或死亡的故事都公开地发生在大街上,这使小说本身成为了世界剧场。"这篇评论同时称:"幽默和恐怖,乐观和绝望,粗鲁和柔情,殴打和诡诈在逗趣中融合在一起。很少有悲剧像《兄弟》这样滑稽,也很少有喜剧像《兄弟》这样令人悲伤。"

十一月,瑞士《时报》的文学评论家评出自二〇〇〇年以来十年间的最为重要的十五部文学作品(其中五部为瑞士国内的文学作品),《兄弟》名列其中。《时报》的评论称《兄弟》是"中国的《失乐园》"。

自从《兄弟》问世,关于余华的研究一度达到最高潮,而关于《兄弟》的批评呈褒贬两种对立姿态也已然定型。与《兄弟》在国外方兴未艾的热评不同,是年《兄弟》的国内批评,论证浪潮渐趋平息,曾经引起《兄弟》争议骤风的知名批评家们也大多退出。但是作为十年磨得的一部长篇小说,《兄弟》之于余华,仍是一个绕不开的命题。经过四年的沉淀,批评者们也变得更理性,把沉静的目光真正投向了文本的内部与深远之处,角度也更趋多元化,呈现出喧哗后的余响。有相当一部分论者把《兄弟》作为探讨余华创作总体观的文本依托,作了些传统性的分析。有论者认为"余华并没有减弱和放慢现代主义的探索步伐,继续捍卫和坚守先锋文学的精神",且认为《兄弟》一方面承续了余华先前作品的"冷酷"叙事,是对先锋的捍卫和坚守;另一方面先前的"温暖"叙事也更强大,是对先锋多元化的追求,是"在裂变与不变中继续高扬先锋精神"[①]。还有论者指出,"《兄弟》依然承袭了余华对人类悲剧性尴尬状态及荒谬的人生困境的揭示,关注着苦难与人的现实生存状态","在人性美的迷失瓦解中对人性欲望进行追问",并指出余华一直在小说创作中坚守着"自我的乡土情结"[②]。之前已有论者提及《兄弟》中的"狂欢叙述",丁增武认为《兄弟》的狂欢叙述可以理解成是余华的一种世界感受,显示的是余华对个人内心的一种宣泄,但指出

[①] 盖伟:《在裂变中行进的余华——对〈兄弟〉中余华先锋精神的延续及一种理论的阐释》,《江西教育学院学报》2009年第3期。
[②] 黄春杨、张莹:《从〈兄弟〉看余华小说主题的承袭与超越》,《大连海事大学学报》(社会科学版)2009年第2期。

"余华忽略了目前现代人共同面临的道德困境,而这种困境才是当下更为真实的伦理现实",进而提出"这是《兄弟》显示的伦理意义所在,也是余华继续写作的伦理困境所在"[①]。还有一篇比较视野中的研究范本值得关注。昌切将《兄弟》(上)和东西的《后悔录》比较解读,分析了"文革"时期普通中国人荒诞的身体经历和两位作家经由荒诞的身体经历进入"文革"政治的特殊途径,概括了"五四"以来启蒙叙事传统的清理和两部作品中的启蒙因素,揭示了两位作家与这一传统的精神联系。由此指出了余华"把阶级理性与身体经验贯通起来反思'文革',书写'文革'记忆"的可贵之处,并认为余华的小说是"远离后现代的文学游戏,续写'五四'以来启蒙叙事的文学传统的最好见证"[②]。

除却《兄弟》,对于余华其他文本的研究主要集中于叙事、语言、主题、转型、比较几个维度,其中牵及余华创作风格的"转型"论依然热烈,衍读出"从何处来""将之何

[①] 丁增武:《现实与内心的契约——〈兄弟〉及余华小说的伦理观察》,《名作欣赏》2009年第18期。
[②] 昌切:《身体经验·文革记忆·启蒙叙事——〈兄弟〉(上)、〈后悔录〉合论》,《云南大学学报》(社会科学版)2009年第5期。

往""往之何远"的探讨①;另外,还有论者从地域文学的视角出发,看到了浙江精神和江南文化特征对余华的熏陶。黄健的《"浙江精神"关照下余华的先锋之路》探讨了来自民间的余华何以走上先锋之路并成为一流的大家,认为"在与异质文化碰撞的过程中,江南文化那种包容的心态再次发生作用,使其虚心地吸取了其他文化的养分也开阔了自己的视野,他别出心裁地用江南文化支撑起先锋文学的一片天空,世俗场景和先锋意识糅合在一起";同时认为余华的先锋意识有着"东方视角"的新质②。王彩萍的《浙江地域文化:余华写作的重要内源性资源》甚至将浙江文化对余华文风的影响提高到与西方外域影响同等重要的位置,认为余华先锋创作的基点是自己的南方气质而不是川端康成、卡夫卡等外国作家的熏陶③。或许论证不乏一家之言,但这些角度多维的论见也说明了余华文本研究格局的立体化和延展化。单篇文本解读方面,洪治纲的《绝望深处的笑声》从《在细雨中

---

① 史莉娟、刘琳:《在裂变与沉淀中行进——2009年余华研究综述》,《浙江师范大学学报》(社会科学版)2010年第5期。

② 黄健:《"浙江精神"照下余华的先锋之路》,《作家作品研究》2009年第2期。

③ 王彩萍:《浙江地域文化:余华写作的重要内源性资源》,《南方文坛》2009年第6期。

呼喊》的精神意蕴、叙事方式和语言等方面出发,较有创见地分析了该小说所渗透出的黑色幽默特征及意义①。

二〇一〇年

五十一岁。

该年发表的重要文章有:《一个记忆回来了》(《文艺争鸣》第一期)、《当德国成为领跑者》(《京华时报》,二〇一〇年七月六日)、《我想写出一个国家的疼痛》(访谈,《东吴学术》创刊号)。

随笔集《十个词汇里的中国》由法国 Actes Sud 出版公司出版。

在《我想写出一个国家的疼痛》这篇访谈文章中,余华在回顾自己的创作历程时说道:"我认为我的写作有三个重要的阶段。第一个阶段是写下了《十八岁出门远行》的那个阶段,那个时候我找到了自由的写作。第二个阶段是写下了《活着》……《活着》让我突破了固步自封……《兄弟》是我的第三个阶段,我以前的作品……叙述是很

---

① 洪治纲:《绝望深处的笑声——论余华的〈在细雨中呼喊〉》,《浙江师范大学学报(社会科学版)》2009 年第 2 期。

谨慎的,到了《兄弟》以后我突然发现我的叙述是可以很开放的,可以是为所欲为的……到了《兄弟》时,我认为我可以把我不同侧面的写作才华都充分地展示出来。"在回顾"先锋文学"时,余华说:"我认为先锋文学最多是大学毕业,甚至是中学毕业。……先锋文学没什么了不起,它还是个学徒阶段。……可以这么说,'寻根''先锋''新写实'标志着中国文学的学徒阶段结束了。仅此而已。"因此,余华认为,"对先锋文学的所有批评都是一种高估"。在从事写作三十年后被重新问及"为何写作"时,他说:"可以说,从我写长篇小说开始,我就一直想写人的疼痛和一个国家的疼痛。"①

十二月,余华在腾讯开设的个人微博被评为"年度最具影响力微博",作为目前最具社会影响力的作家之一,余华在腾讯微博的一百五十条发言平均转发量都在千次以上,话题触角从文学、哲学深入政治、社会等领域,信息量丰富,极富启发性与感染力。

该年,余华研究场面依旧熙攘。单篇文本解读方面,仍属《兄弟》更甚,持续五年之久的论争余烟尚未褪尽。

---

① 王侃、余华:《我想写出一个国家的疼痛》,《东吴学术》2010年创刊号。

王莉、张延松总结了《兄弟》自面世以来所遭遇的三种批评模式,认为依托传统现实主义美学框架内的批评所指摘的《兄弟》"不真实""语言粗俗"等结论,然实不适于评价已经超越现实主义边界的《兄弟》,指出《兄弟》运用超现实的手法,借鉴拉伯雷的怪诞现实主义形式,表达了对"文革"和"改革"两个动荡、巨变的时代精神之荒诞性的体认,是一部勇于"写当下"的探索之作。但"余华只取了民间诙谐的审美形式(怪诞现实主义),却放弃了再生的精神,因此具有伪民间性,整个文本表现为能指的狂欢,不过他还是保留了爱的种子"①。《兄弟》在国内出版之后的短短一两年时间里,就被译介到日本、韩国、法国、德国、意大利、英国、美国、西班牙以及越南、印度等东南亚国家,其他多个语种的译本也在陆续出版之中,在诸多国家受到了高度重视与热烈评价,可以预见,"国内针对《兄弟》而形成的批评格局,也将因为这一维度的进入而不自觉地发生变动",更多学者开始秉着尘埃落定后的持稳与洞见重新阅读和发声,在梳理《兄弟》相关评论的基础上,

---

① 王莉、张延松:《能指的狂欢与解构的现实:论〈兄弟〉的批评及伪民间性》,《海南师范大学学报》(社会科学版)2010年第3期。

开始"真正的发现"《兄弟》之旅[1]。正如张清华所言:"理解审视一个重要的作家,通常有两种情况,一是他的作品既具有艺术的自足性,同时又具有与历史的'隐秘汇合性'……另一点是,对一个好的作家的讨论必定是包含了全部艺术与诗学问题的讨论,因为他不会只证明或打开它自己的世界,他所打开的是全部的艺术命题。"张清华从《兄弟》及余华小说中的叙事诗学角度生发开来,详谈了余华创作的三个独特现象:极简的效用与形式的生成,在历史、哲学与戏剧之间如何处理真实,以及小说的戏剧性及其实现形式,展示了"余华之所以成为余华"独有的特质和属性[2]。无独有偶,刘江凯也从"叙事美学"维度对余华的《兄弟》进行规整,认为《兄弟》"对于余华本人的叙事来说,确实是一次重大的转变:不仅仅是写作内容上由历史转向了现实生活,更重要的是同时出现了与之相适应的叙事美学原则:即极力地压缩小说和生活的审美距离";并指出,这样的贴地而行而非传统的高空飞行的写作方式,"在带来一片混乱的同时也扩张了自己甚至当

---

[1] 参见王侃:《〈兄弟〉内外》(上)与《〈兄弟〉内外》(下),分别发表于《当代作家评论》2010年第5期和第6期。

[2] 张清华:《〈兄弟〉及余华小说中的叙事诗学问题》,《文艺争鸣》2010年第12期。

代文学的写作领域及经验"①。徐祖明则从批判的角度读出了《兄弟》中的批判意识,认为这部作品"通过批判普遍存在的国民劣根性,进而批判社会的落后及其不合理性,彰显了作家对时代生活剖析和阐释的自觉,也张扬了余华小说的批判精神"②。比较视域:黎杨全、胡亚敏将余华的《兄弟》与他十几年前的中篇小说《祖先》进行比读,认为二者有着"惊人的同构性","《祖先》表现了余华'否定欲望'的'祖先'哲学","《兄弟》同样是以这种'祖先'哲学观照当下欲望现实的结果。余华对现代欲望社会的忧虑与本雅明对现代性的思考是相似的,而《兄弟》的内容与形式也暗合了本雅明对现代性语境下艺术命运的分析与论述"③。

随着《兄弟》在华语之外的不断译介,部分论者也将注意力投放在了余华作品在国外传播的情况上。因为余华不仅在作品被翻译成他国语言方面独领风骚,而且还是中国当代作家中获国外文学奖最多的一位。姜智芹

---

① 刘江凯:《压缩或扩张:〈兄弟〉的叙事美学》,《文艺争鸣》2010年第12期。

② 徐祖明:《从国民性批判到社会性批判——评余华〈兄弟〉中的批判叙事》,《文学评论》2010年第5期。

③ 黎杨全、胡亚敏:《祖先哲学与欲望现实——〈兄弟〉与〈祖先〉的对读》,《中国文学研究》2010年第4期。

《西方人视野中的余华》具体罗展了余华作品在西方的传播、获奖以及影响和研究,并分析了其受关注的原因,认为余华用简洁的文风、对中国文化的展示为西方了解中国提供了一个窗口,同时,余华的作品也涵盖了西方读者所熟悉的生命体验,"唤醒了他们记忆深处的某些情感"[1]。杭零、许钧以《兄弟》的不同诠释与接受为例,论述了余华在法兰西文化语境中的译介情况[2]。郭建玲探讨了《兄弟》在英语世界的翻译与接受情况,指出"《兄弟》在英语世界获得的几乎一致的高度评价与其在国内'聚讼纷纭'的命运反差,使我们得以从翻译和异域接受的视角重新审视这部小说,也从一个新的维度更全面地看待余华的国际影响力"[3]。李承芝则以"余华小说在韩国的接受"为其硕士学位论文的论题,探讨了余华作品在韩国的翻译、影响以及研究情况[4]。

除却《兄弟》,余华的其他三部长篇也依然是评论者

---

[1] 姜智芹:《西方人视野中的余华》,《东师范大学学报》(人文社会科学版)2010年第2期。

[2] 杭零、许钧:《〈兄弟〉的不同诠释与接受——余华在法兰西文化语境中的译介》,《文艺争鸣》2010年第4期。

[3] 郭建玲:《异域的眼光:〈兄弟〉在英语世界的翻译与接受》,《文艺争鸣》2010年第12期。

[4] 李承芝:《余华小说在韩国的接受》,山东师范大学硕士学位论文,2010年6月。

们所热衷的对象。颇为遗憾的是,大部分论文的质量远不如数量那么可观,这一现象也与往年的余华研究共鸣着。当然,需要正视的是,这或许与研究者的素养及洞见力有关,而数十年的余华研究所带来的临界饱和状况也是原因之一。除此,对余华全期作品的统观方面,部分论者视角独特,"寓言性"[①]"审丑性"[②]"隐喻思维"[③]"边缘人物的'狂'"[④]分别成为解读余华作品的选题,在不同程度上为余华研究拉开了一个更纵深的频度。

二〇一一年

五十二岁。

该年发表的重要文章有:《文学与经验》(《文艺争鸣》第一期)、《文学中的现实和想象力》(《延河》第三期)、《消费的儿子》(《视野》第十二期)、《给塞缪尔·费舍尔讲故

[①] 金英:《论余华小说的寓言性》,延边大学硕士学位论文,2010年5月。

[②] 夏建华:《论余华小说的审丑现象》,南昌大学硕士学位论文,2010年12月。

[③] 王首历:《先锋密码:余华小说的隐喻思维》,《文艺争鸣》2010年第12期。

[④] 彭文霞:《论余华小说的边缘人物的"狂"》,广西师范大学硕士学位论文,2010年6月。

事》(《大方》第二期)。

从二〇〇八年起,由余华发起的"文学问题"年度学术研讨会先后以"文学与想象""文学与记忆""文学与经验"为题在浙江师范大学、暨南大学召开。二〇一一年三月,三次会议的论文由复旦大学出版社结集出版,题为《文学:想象、记忆与经验》。

是年,余华的随笔集《十个词里的中国》中文版在台湾地区出版,英文版在美国出版。余华十月赴美宣传此书。洪治纲的《从想象停滞的地方出发》对该书进行了深度探读。他认为,在这部集子里,余华以一个"公共知识分子"的"角色意识","突出地表达了他那强烈的忧患意识和感伤情怀",以及对"美好未来的期许","饱含了作者诚挚的情感、睿智的目光和犀利的思考,是他对长期积淀于内心思想的一次系统表述"[①]。

当《兄弟》的喧嚣渐止,学界关于余华的品评也渐显内蕴深厚的品质,不管是单篇的解读还是总作的宏观,都有透散着深幽韵味的佳论。

关于《兄弟》,前论大多认为其显证了余华与前期创

---

① 洪治纲:《从想象停滞的地方出发:读余华的随笔集〈十个词汇里的中国〉》,《当代作家评论》2011年第4期。

作的"断裂","成长"主题亦是早已被指证的命题,而熊权认为,《兄弟》中的"成长"主题是与余华笔下曾反复出现的"反成长"主题相关联的,"余华曾执意构造孩子(或者少年)与成人世界之间不可消除的隔阂和对立,《兄弟》却别开生面地呈现了孩子如何'变成'成人的过程。从'对立'到'变成',从充满成长焦虑、拒绝成长到'直面'成长,当属余华的突破尝试",以此建立起一种不同于"断裂"说的"连续—新变"思路,挖掘出《兄弟》与余华此前创作的潜在对话①。

杨晓滨重读了余华二十世纪八十年代的先锋小说,认为余华此期的多篇小说与现代话语相对应的传统叙事体裁相悖反,对传统的文学原型进行了戏仿,造成一种反讽叙事,如《古典爱情》和《鲜血梅花》;而《四月三日事件》和《此文献给少女杨柳》,则是对再现性叙事范式的总体戏仿,叙事自身的不确定性分裂瓦解了叙事主体;《此文献给少女杨柳》又充满了年代错置的体验与主体多重身份的显现。应该说,杨晓滨关于余华先锋期小说的部分论见已不属新论,但他以中国现代文学写作的宏大视野

---

① 熊权:《"反成长"与成长——从〈兄弟〉看余华创作的连续与新变》,《文艺争鸣》2011年第1期。

来观照这样一个命题,无疑是充满潜见力的:"当现实的概念以及对现实的表现不再能够自足的时候,中国现代文学表现写作的宏大计划也就解体了。"①余华的先锋创作之于整个中国当代文学的写作,其独特性和解构意味是不言而喻的。

相反,张新颖重拾《活着》这部曾被余华自视为"高尚"的作品,将之与沈从文对其笔下湘西水手"庄严忠实"的生命感悟相连接,却找到了余华与中国文学传统的相连——"都指向了这种普通人的生存和命运之间的关系","余华对通常所谓的历史、历史分期、历史书写并不感兴趣,他心思所系,是一个普通人怎么样活过了、熬过了几十年。而在沈从文看来,恰恰是普通人的生存和命运,才构成'真的历史',在通常的历史书写之外的普通人的哭、笑、吃、喝,远比英雄将相之类的大人物、王朝更迭之类的大事件,更能代表久远恒常的传统和存在。如果说余华和沈从文都写了历史,他们写的都是通常的历史书写之外的人的历史。这也正是文学应该承担的责

---

① 杨小滨:《不可靠的主体与反讽叙事:论八十年代余华的先锋派小说》(二),愚人译,《东吴学术》2011年第4期。

任"①。以小见大的梳理,却触碰出中国文学传统的回响。

二〇一二年

五十三岁。

该年发表的重要文章有《我们的安魂曲》(《全国新书目》第三期)。

七月赴德。八月赴英国观看伦敦奥运会。

九月,由孟京辉导演,黄渤、袁泉主演的话剧版《活着》在国家大剧院首演。全剧长达三个多小时。演出谢幕时,余华说道:"这是我第一次看根据我的作品改编的话剧。我在台下看得百感交集,不断地抹眼泪,到现在眼泪还没干!""我是一个观众,一个对这个故事十分熟悉的观众,但孟京辉还是给我带来了陌生感。而这也正是我最期望看到的。"该话剧至今仍在国内各大城市巡回演出,深获观众好评。

十月,赴挪威;后回国于复旦大学演讲。

---

① 张新颖:《中国当代文学中沈从文传统的回响——〈活着〉、〈秦腔〉、〈天香〉和这个传统的不同部分的对话》,《南方文坛》2011年第6期。

十一月,于中国人民大学参加"国际视野中的斯·茨威格研究与接受"国际学术研讨会,并在开幕式上畅谈了他读茨威格作品的心得,做题为《茨威格是小一号的陀思妥耶夫斯基》的发言。

十二月,与丛维熙、马原、陈村、苏童等人参观巴金故居,作此感言:"我们这一代作家也是在巴金的保护下自由地写作……我要对已在天堂的巴金说一声:因为您的长寿,我们才能从容不迫地成长。"

彼时,余华在创作的道路上已走过了近三十个年头,学界对于余华的研究热已然持续了多年并将继续持续下去。是年,余华以往的经典作品和整体统照依然备受论者青睐。张春梅的《对抗与和解:余华与中国当代先锋文学》一文,又将先锋话题回归到余华创作之上,认为当今余华已成为昔日先锋和今日批评界对先锋派进行文化批评的重要中介,成为沟通先锋派、经典文学、市场与大众的一个标志,深入分析了"余华如何既以先锋的姿态贴近大众,同时又能在大众中保持其先锋性"[①]。与其他论者关于此论点的不同之处在于,张春梅既未完全剥离余华

---

① 张春梅:《对抗与和解:余华与中国当代先锋文学》,《西部》2012年第23期。

的先锋本质,将之与"伪先锋"挂连,也未拉开余华和"市场与大众"的距离,算是为余华在中国当代文学中安插了一个折中的栖地。与此相似,赵凌河以"真实论"为出发点,照探了余华的"真实"观,认为,余华虽然依旧是先锋的,因为其一贯"孜孜不倦地探索着文学中的'我的真实',并努力去实践那种'更加接近真实'的叙述方式",但是,经过分析认为,余华现今的文学真实论的理论诉求实已涵盖了更多的后现代主义因素,已经"很难说,余华的文学真实论中到底有多少'真实',到底有多少'虚伪'"[1]。龚自强从对余华《鲜血梅花》的解读中,指出先锋文学的"小说的哲学化"特征,在"得与失"的考量中对先锋文学的命运给以了必要的反思[2]。

杨辉在《小说的智慧与余华的经验》中论及小说的精神:"真正的小说应该表现对人类的'生活世界'的深入关注,这种关注不是仅拘泥于形而下的生活经验,而应该表现作家对形而上的精神经验的洞察。"由此,他探讨了余华小说创作的经验与精神价值:"余华对人的存在的形而

---

[1] 赵凌河:《真实与虚伪的悖论——谈余华的后现代主义文学真实论》,《当代作家评论》2012年第3期。

[2] 龚自强:《"小说的哲学化"之闪耀与黯淡——余华〈难逃劫数〉叙事解读兼论先锋小说之命运》,《文艺评论》2012年第5期。

上关注,对现实中存在的暴力与邪恶的指证,对人的生存苦难的关心有力地体现了他对人的精神体验的洞察,这种洞察使他的写作具有某种确定无疑的超越性质,超越我们的时代经验以及个体经验,从而表达出对普遍的人的生存的指认。"①

除此,值得一提的还有洪治纲的《解构者·乐观者·见证者》,该文探讨了《兄弟》的主人公李光头这一人物形象,"既是一个现实伦理的解构者,又是一个鲜活而自足的生命实体","以践踏世俗伦理的方式,揭开底层大众的精神真相,凸现时代巨变中的某些荒诞本质。他的主体人格中,饱含了大量富有张力的性格特征,也折射了民间生命特有的乐观主义品质,其精神的复杂性远远超过了其命运的沉浮。李光头的成长经历与历史记忆有着密切的共振关系,其灵魂中所隐含的矛盾、混乱、粗鄙,恰恰是我们这个时代的精神缩影"②。文章据此认为,余华以这样的一个人物形象,折射了其对数十年来中国社会发展的独特理解与思考。

---

① 杨辉:《小说的智慧与余华的经验》,《小说作家作品研究》2012年第5期。

② 洪治纲:《解构者·乐观者·见证者——论余华〈兄弟〉中的李光头形象》,《文学评论》2012年第4期。

二〇一三年

五十四岁。

是年发表的文章有《〈失忆〉读后》(《东吴学术》第二期)、《毛泽东很生气》(《纽约时报》评论版四月十一日)。

五月,与苏童同赴法国,并参游戛纳电影节。

六月,最新长篇小说《第七日》由新星出版社出版。不到一天时间,预订量即超过七十万册,铸造了当代文坛的又一盛况。《第七天》的面世,又让整个文学界的目光重新聚拢而来。"《第七天》是一部很好读的小说。但是,它未必是一部轻易就能读懂的作品。……余华试图打通生与死的界线,在直面当下现实的伦理语境中,以死界说生,以死演绎生,以死审视生。"[1]《第七天》是一部结构很别致的小说。它写的是这个年代的生与死,通过阴阳两界相互参照的方式来展开。因此,现在社会矛盾的热与阴间的冷,构成了这部小说的辩证法。它最容易让人

---

[1] 洪治纲:《此岸的世界,彼岸的视点》,《南方日报》2013年6月30日。

想到的就是鲁迅的《野草》和《故事新编》。"①余华自己也说:"假如要说出一部最能够代表我全部风格的小说,只能是这一部,因为从我八十年代的作品一直到现在作品里的因素都包含进去了。"②

七月,江苏文艺出版社出版余华的音乐随笔集《间奏:余华的音乐笔记》。同时,由北京师范大学国际写作中心和复旦大学中国当代文学创作与研究中心共同主办的"余华长篇小说《第七天》研讨会"在北京师范大学召开,余华本人也到场,自言:"当我写这部小说的时候,有一种很强烈的感觉,我是把现实世界作为倒影来写的,其实我的重点不在现实世界,而是死亡的世界。"余华同时对有论者提出的这部小说"语言苍白枯燥"的观点进行公开回应:"这部小说的语言我非常讲究,这是从一个死者的角度来讲述的语言,应该是节制和冷淡的,不能用活人那种生机勃勃的腔调,只是在讲述到现实世界的往事时,我才让语言增加一些温度。"陈晓明、张新颖等学者都对这部小说给予了肯定性评价。张清华说:"这将是时代的缩影,它预言化了,以少胜多,以简代繁,以荒诞代真实,

---

① 张清华、张新颖等:《余华长篇小说〈第七天〉学术研讨会纪要》,《当代作家评论》2013年第6期。

② 同上。

荒诞里面承载着更高的真实,实际上是哲学化的真实。《第七天》某种意义上,打通了通向神性的一面。"梁振华认为:"阅读《第七天》文本所产生的荒诞和不适应感,跟我们体验现实时感受到的不适和荒诞,形成了一种微妙的互文关系。在这里,文本的构造和现实的构造达成了共鸣——从物质到精神,从情感到思想。"黄燎宇甚至直言:"余华的小说是写给以后的、未来的、很久远的时代。"①

九月,赴美,后赴韩。

十月,在香港科技大学进行为期两个月的访问。

十一月,赴土耳其和西班牙。

时隔七年,《兄弟》论争终于平息。作为当代最有影响力的作家,余华又为出版界和读书界抛下《第七天》这颗重弹,波涛汹涌之于《兄弟》,有过之而无不及。是年关于余华的研究,《第七天》几乎占到近两百篇论著中的三分之一。

褒贬不一依旧是这部小说初入市场的状况。《第七天》共有七章,借助《旧约·创世记》开篇的方式,从"第一天"到"第七天",讲述一个人死后七天的经历。小说内容

---

① 张清华、张新颖等:《余华长篇小说〈第七天〉学术研讨会纪要》,《当代作家评论》2013年第6期。

主要来源于对当下发生的许多轰动性事件的搜集和改写,这也是其被许多否定性批评者指摘"诟病"的主要据证。学者郜元宝敏锐地指出:"其实《兄弟》已开始采用这种写法……以此缩短小说和现实的距离。对《第七天》来说,就是缩短小说和网络社会新闻的距离,使小说信息量急剧飙升。"①郜元宝列举亦采用此种写法且颇为成功的美国小说家多克托罗(E. L. Doctorow)的《雷格泰姆音乐》(*Ragtime*)为例,认为:"作者以此编织一代人的记忆碎片,看似缺乏主线的贯通,但能展现时代的整体氛围,个别事件的深度发掘则使得这种群像展现更具立体感,叙述节奏也如音乐一样缓急自如,高低随意。"不过,郜元宝也对《第七天》表达了这样的忧虑:"这是对'经典现实主义主线+副线模式'的大胆颠覆,也向小说家提出了挑战,即小说能否一面挽回稍纵即逝的社会新闻,一面提供比人们当初围绕那些社会新闻曾经作出的议论和思考更深入更独特的作家个人的艺术创造?"②

王德威梳理了自《十八岁出门远行》到《第七天》的余华作品,认为:"究其极,余华以一种文学的虚无主义面向

---

① 郜元宝:《不乏感动,不无遗憾——评余华〈第七天〉》,《文学报》2013年6月27日第20版。

② 同上。

他的时代;他引领我们进入鲁迅所谓的'无物之阵',以虚击实,瓦解了前此现实和现实主义的伪装。"在《第七天》这里,"余华的叙事是个标准的'陌生化'(defamiliarization)过程,他借死人的眼光回看活人的世界,发现生命的不可承受之轻"。但是,王德威也同时认为,《第七天》是以"爆炸—爆料"的形式来呈现以往不可捉摸的"无物之阵",对此,他引用黄发有的话"虚无曾是余华的叙事之矛,冲决网罗的矛,虚无现在是他的叙事之盾,架空一切的盾",认为"从一九八三来到二〇一三,三十年的余华小说也来到一个新的临界点"[1]。

与众多网友及部分论者感悟式的批评不同,学界许多学者以专业论著的形式对这部小说进行了批评阐释。洪治纲认为它"借助'以死观生'的叙事策略……呈现了中国当下现实中各种吊诡而混乱的伦理秩序,展示了诸多被诡秘逻辑所掩盖或遮蔽的荒诞生存"[2]。王达敏认为,它是一部"余华真正以平等为要义的小说"[3]。黄德

---

[1] 王德威:《从十八岁到第七天》,《读书》2013年第10期。

[2] 洪治纲:《寻找,是为了见证——论余华的长篇小说〈第七天〉》,《中国现代文学研究丛刊》2013年第11期。

[3] 王达敏:《一部关于平等的小说——余华长篇小说〈第七天〉》,《扬子江评论》2013年第4期。

海认为这"是一个作家对准时代焦点的努力","在我们这个被新闻和胜似新闻的丑闻缠绕着的时代,如果有人还以为现实非得绕过新闻才能进入小说,那才是真正的无稽之谈","《第七天》就是照亮了这样一个我们自以为熟识,却从未真正了解的世界"①。周明全指出,"余华的真实意图,乃是借死者杨飞来再现当下中国社会的荒诞——以荒诞讲述荒诞,以荒诞击穿荒诞,这实乃是当下最大的荒诞","《第七天》承袭了余华一以贯之的悲苦意识和对小人物命运的关注和深刻同情,也展现了余华对现实的尖锐批判立场"②。

除却新作《第七天》,该年的余华研究也在其他方面持续行进着。杭零的《法兰西语境下对余华的阐释》,以法国汉学家胡可丽、何碧玉和巴黎第三大学比较文学专业教授张寅德对余华的研究为例,援引了法国从汉学界到主流媒体对余华作品的研究情况,认为"不论是法国汉学界还是主流媒体,对于余华的文学才华有着共同的肯定和欣赏,他们一致认为余华是中国当代文学最为突出

---

① 黄德海:《〈第七天〉,卑微的创世》,《上海文学》2013年第9期。
② 周明全:《以荒诞击穿荒诞——评余华新作〈第七天〉》,《当代作家评论》2013年第6期。

的代表之一"①,为学界关于余华作品在法国的译介及批评提供了卓有价值的资料。关于旧作重论,金理重读了余华的《十八岁出门远行》,在《"自我"诞生的寓言》一文中着眼于文学与历史经验的辩证关系,将这部小说理解为一则"自我"诞生的寓言。认为"这部小说既宣告了'自我'的诞生,但这一'自我'又处于悬而未决的状态:有可能走入消极的困境,也有可能重新开放",并指出余华在后来的《活着》《许三观卖血记》中又重回"更宽广的整体",与具有共感性质的作品"前后左右"连接②。李立超则站在二十世纪九十年代整个历史维度上重读《许三观卖血记》,探讨了隐寓其中的"历史"寓言:"余华凭借这部长篇的确是'唤起了更多人的记忆',因为我们从这部小说里看到的是我们这个国家和民族所经历的一次又一次的苦难与颠簸。"③

---

① 杭零:《法兰西语境下对余华的阐释——从汉学界到主流媒体》,《小说评论》2013年第5期。
② 金理:《"自我"诞生的寓言——重读〈十八岁出门远行〉》,《文艺争鸣》2013年第9期。
③ 李立超:《写在1990年代的"历史"寓言——读余华〈许三观卖血记〉》,《小说评论》2013年第4期。

二〇一四年

五十五岁。

是年发表的文章有随笔《小记童庆炳老师》(《南方文坛》第一期)。

一月,赴帕劳。

二月,话剧《活着》分别在德国汉堡和柏林进行演出。每一场都赢得了观众长时间的掌声和喝彩。诺登斯科德在柏林德意志剧院观看演出后说:"这是一场非常成功的演出。虽然演出长达三个小时,完全没有中场休息,但仍深深吸引了我,尽管我不懂中文,但是演员的肢体语言和舞台表演都非常棒,再加上字幕,我完全可以明白。这是我看过的最令人感动的演出之一。"该话剧此次赴德演出,也是二〇一四年北京和柏林建立友好城市二十周年一系列庆祝活动的开幕演出。

三月,受北师大国际写作中心主任莫言之邀,正式成为北师大的驻校作家。同时,"先锋的道路:余华创作三十年研讨会"在北师大召开。莫言出席仪式并主持会议。余华是继贾平凹之后,第二位入驻北师大的作家。

四月,余华凭《第七天》获第十二届华语文学传媒大奖"年度杰出作家"奖。由余华同名小说改编的韩国电影《许三观卖血记》在韩国开机拍摄,故事背景改为韩国近现代。

五月,在北京师范大学做演讲,题为《我叙述中的障碍》。

九月,受邀参加由《南方都市报》和卢浮宫国际家具博览中心联合主办的"大家讲堂"活动,并做了题为《没有一条道路是重复的》的演讲。

该年的余华研究,论著数量依然可观,主要呈现出以下趋势:其一,《第七天》依然是研究的热点;其二,尘埃落地后的《兄弟》研究紧跟其后,其他单篇小说研究数量可观但创见不多;其三,余华整体创作谱系探掘。下面仅以有代表性者述之。

关于《第七天》的研读,有论者从"经典"与"当代"的辩证问题谈起,提倡对其评价"不能仅仅从文学'经典'的角度考虑,而应该同时兼顾其中丰富的'当代'意义",所谓"经典"应该是"除了普适兼容性之外,更应该有一种不可替代的开创性"。同时尖锐地指出当下的一些专业批评者的"批评身份和立足点的不明确"导致他们的批评"没有理论之根"。认为"《第七天》首要的特异之处就是它一反常见当代主流小说题材内容的'陌生化'原则",而是"用一种极有先锋色彩的叙述方式讲了一个让我们感到很'熟悉'的故事","用熟悉取代了陌生,既挑战了阅读的习惯,也增加了写作的难度"。所以,"《第七天》的成功就在于余华选择了更难而且极不安全的小说内容,重要的是这种选择除了文学意义的先锋尝试外,更有坚硬广阔的社会现实意义";"余华的一大贡献是以他的'当代性写作'把当代文学从'历史'拉回了'当下'","以一种最简约、集中、直接的作品形式'发现'了这种社会深层结构性的溃败",也"写出了中国当代社会的深层精神结构"[①]。另有论者以"互文性"理论作为勘探角度,论述了《第七天》内容与社会杂闻间的相互指涉。所谓"互文性","任何文本的构成都仿佛是一些引文的拼接,任何文本都是对另一个文本的吸收和转换。互文性概念占据了互为主体性概念的位置。诗性语言至少是作为双重语言被阅读的"。亦即,任何文本都是互文本,不是自足的,也不是封闭的,其意义生成只有在与其他文本的相互指涉中才能完成。所以,"《第七天》与杂闻的相互指涉,实际上是小说文本以杂闻为中介,最终指向了社会的光怪陆离,或者

---

① 刘江凯、胡佳倩、周紫渝:《发现并重建"善良"——余华〈第七天〉的"经典"与"当代"问题》,《南方文坛》2014年第2期。

说,《第七天》借助与杂闻文本的互文开启了与整个社会文化空间的对话,同时也启动了文学对社会的批判功能"①。这样的论证及论点,无疑为《第七天》的研读开掘出了一个新的层面。

关于《兄弟》及其他旧作的研析,依然是该年余华研究的一个重向。崔剑剑《〈兄弟〉与余华文学创作的"转型"》一文,再一次探讨了《兄弟》之于"先锋"的关系,认为"余华从来没有真的放弃过在精神的空间内表现作者的社会欲望,在精神中完成一次体现生命欲望的'卫生'的社会过程",通过《兄弟》,"余华做到的是把自己青春期和先锋期的思想谱系交代清楚,同时表现自己对社会未来的悲观态度"②。陈舒劼以"社会转型时代的演变、断裂或延续"这一话题为度,探索了《兄弟》中所折射出来的"时代转折与命运重复"之维,认为"通过对人物命运的重复性与既定性,以及新旧时代内在联系的展示与强调",《兄弟》唤醒甚至再次触及了鲁迅的启蒙之问,"《兄弟》展示两个时代的方式和场景,某种意义上续接了五四时代

---

① 张彬:《互文性理论视角下的〈第七天〉》,《浙江师范大学学报》(社会科学版)2014年第1期。
② 崔剑剑:《〈兄弟〉与余华文学创作的"转型"》,《文艺争鸣》2014年第2期。

启蒙视角下的文学叙事"。然而遗憾的是,"《兄弟》所塑造的时代与命运的重复再现了启蒙性视角,却以油滑和夸张回避了劈面迎来的经典问题"①。关峰《〈兄弟〉:一个"相遇"的寓言》②,将《兄弟》中宋钢的沉稳、和顺指涉为"带有梦一般的日神美",而将张扬、强硬的李光头指涉为酒神精神,对《兄弟》的人物形象进行尼采"个体化原理"(principium individuationis)的解读,也是颇有创见的,可惜没有深入论析。

是年,《文艺争鸣》的"当代文学六十年"栏目开辟了"余华研究专辑",刊登的三篇文章基本上对余华的创作谱系进行了一个深入而较全面的探读。李建周以对《鲜血梅花》的考证为线,考证了彼期具有"怀旧"色彩的余华创作何以转化为"先锋"的可能和过程:"在城市改革的社会结构岩层中,余华对'小镇'经验的'怀旧式'奇异书写,使得在'寻根'中失效的'小镇',在'先锋'文学的消费中获得了再生。'怀旧'的文本具有了令人惊异的'先锋感',并顺利进入文学批评的流通领域,成为具有支配性话语的'硬通货'。如同自己的'震惊式'阅读一样,余华

---

① 陈舒劼:《〈兄弟〉:时代转折与命运重复》,《当代作家评论》2014年第1期。

② 参见《重庆师范大学学报》(哲学社会科学版)2014年第3期。

对'怀旧式'故事进行了'震惊式'书写。"①李雪将余华与"先锋文学"的关系作为共识性的背景,通过分析对余华在写作上的一次次选择和调整,反思"先锋作家"余华的创作历史,发现他的写作特质,讲述一个关于余华写作的故事,并指出余华在创作中的主要困难在于想要"正面强攻现实",却在自己的创作史中缺乏对"写实"的训练②。张伟栋以余华的"先锋时期"创作为个案,详细分析了"卡夫卡主义"对余华创作的影响。虽然这一命题早已被人提及,但以余华整个二十世纪八十年代"先锋时期"的写作观念为统照进行分析,还是有其深刻性的。

除此,魏安娜《余华,追忆与"文革"》一文,以余华的长篇小说《在细雨中呼喊》的创作和陈晓明对该作品相隔十五年的两次评论为个案,讨论了文学如何处理记忆与"文革"的关系,以及围绕"文革"所形成的集体记忆与个人记忆之间的互动关系。魏安娜认为,《在细雨中呼喊》是"最早的一部赋予个人记忆以权利,全方位表达关于'文革'的个人记忆的长篇小说";而"陈晓明在不同的社会、精神氛围的语境下对余华小说所作的第二次阐释,正

---

① 李建周:《"怀旧"何以成为"先锋"——以余华〈古典爱情〉考证为例》,《文艺争鸣》2014年第8期。
② 李雪:《余华与"先锋文学史"》,《文艺争鸣》2014年第8期。

表明十多年来中国社会所经历的根本性变革,其中最重要的一点即为复杂而深刻的个人化进程"①。以异域的眼光探读余华,也为余华研究提供了宝贵经验。

---

① 魏安娜(Anne Wedell-Wedellsborg):《余华,追忆与"文革"》,王晶晶译,《中国现代文学研究丛刊》2014年第6期。

图书在版编目(CIP)数据

余华文学年谱/刘琳、王侃编著.—上海:复旦大学出版社,2015.8
[《东吴学术》年谱丛书(甲种:当代著名作家系列)]
ISBN 978-7-309-11407-2

Ⅰ.余… Ⅱ.①刘…②王… Ⅲ.余华-文学研究-年谱 Ⅳ.I206.7

中国版本图书馆 CIP 数据核字(2015)第 082296 号

余华文学年谱
刘 琳 王 侃 编著
责任编辑/毛蒙莎

复旦大学出版社有限公司出版发行
上海市国权路 579 号 邮编:200433
网址:fupnet@fudanpress.com　　http://www.fudanpress.com
门市零售:86-21-65642857　　团体订购:86-21-65118853
外埠邮购:86-21-65109143
常熟市华顺印刷有限公司

开本 787×1092　1/32　印张 6　字数 92 千
2015 年 8 月第 1 版第 1 次印刷

ISBN 978-7-309-11407-2/I·920
定价:28.50 元

如有印装质量问题,请向复旦大学出版社有限公司发行部调换。
版权所有　　侵权必究